Kotzebue, August vor

August von Kotzebues ausgewählte prosaische Schriften.

22. Band

Kotzebue, August von

August von Kotzebues ausgewaehlte prosaische Schriften.

22. Band

Inktank publishing, 2018

www.inktank-publishing.com

ISBN/EAN: 9783750126367

August's von Kotzebue

ausgewählte

prosaische Schriften.

Enthaltend:

Die Romane, Erzählungen, Anekdoten und Miszellen.

———➤✦◄———

Zweiundzwanzigster Band.

———➤✦◄———

Wien, 1843.

Verlag von Ignaz Klang, Buchhändler.

Die jüngsten
Kinder meiner Laune.

Von

August von Kotzebue.

Zweiter Theil.

Wien, 1843.

Verlag von Ignaz Klang, Buchhändler.

An die Frau Gräfin

Josephine von Pachta,

geborne Gräfin von Canal,

in Prag.

––––––––––

Nur Freunde ertragen Launen. Ich wage es, Sie, liebenswürdige Frau, meine Freundin zu nennen. Wollte der Himmel, meine Ansprüche auf Ihre Nachsicht wären eben so gegründet, als die Ihrigen auf meine wärmste Hochachtung. Daß dieser zweite Band manche muthwillige Laune weniger enthält, als der erste, ist Ihr Werk.

Möchten Sie diese Kinder des Schutzes werth finden, den ihr Vater von Ihnen erbittet.

Kotzebue.

Vorbericht.

Man wird vielleicht in diesem Bande die Fort=
setzung des langen Hans suchen, vielleicht auch
die Fortsetzung der Geschichte unserer Un=
wissenheit; beide vergebens. Sie bleiben —
vermuthlich auf immer — in meinem Pulte ver=
schlossen, da das Urtheil von Leuten, die ich hoch=
schätze, dagegen sprach. Mit Vergnügen gebe ich
dem Publikum einen Beweis, daß ich nicht so eitel
bin, als der Verfasser des Buches über Hu=
manität mich gern machen möchte.

Dieser Band enthält größtentheils eigene
Einfälle; zuweilen bearbeitete Ideen anderer
Schriftsteller, kurz, Launen.

Reval, den 8. Januar 1794.

Der Verfasser.

Die geheilte Schwärmerin.

(Eine Scene aus der großen Welt.)

Der alte Herr von Fels wohnte auf dem Lande, folglich lebte er zufrieden und glücklich. Seine wunderschöne Tochter, Louise, wohnte mit ihm auf dem Lande; folglich war sie unschuldig und gut. Er säete und erntete, sie kochte und backte. Er ging auf die Jagd, sie las ein gutes Buch. Doch nein, ich irre: sie las viel und gern in Romanen, ein Roman ist aber nicht immer ein gutes Buch. Auch der beste zaubert den Leser in eine andere Welt, macht das Wohnhaus seiner Helden zum Feenschloß, und ihren Küchengarten zum Elisium.

Louise hatte, außer dem Pfarrer, welcher schielte, und dem Gerichtsschreiber, welcher krumme Beine hatte, noch keine Mannspersonen gesehen. Sie begriff aber sehr wohl, daß es noch Mannspersonen geben müsse, welche nicht schielen, und auf geraden Beinen einher wandern. Sie hatte sich aus Werther und Tom Jones ein Mittelding zusammengesetzt, schön wie der Morgen, warm wie der Mittag, zärtlich wie der Abend, und belohnend wie die Nacht. Sie hatte dies Geschöpf ihrer jugendlichen Einbildungskraft zu ihrem Liebhaber ernannt, bald nachher machte sie ihren Gatten daraus, und dieser Luftgemahl war immer zärtlich, immer zuvorkommend, immer den

XXII. 2

Liebhaber spielend; kurz, man sah wohl, daß Louise das
Buch über die Ehe nicht gelesen hatte.

In der Nachbarschaft wohnte ein reicher Edelmann
von fünfzig Jahren, der einen Sohn hatte, welcher zwan=
zig Jahre jünger war, als sein Vater. Der junge Baron
Thurn kam von Reisen zurück, hatte an vielen Höfen viel
Langeweile erlitten, und sein unverdorbenes Gefühl war
glücklicherweise im Strudel der großen Welt immer oben
auf geschwommen, wie das Oel, welches der bedrängte
Schiffer in's stürmende Meer gießt. Der Fürst des Landes
hatte ihm endlich einen Kammerherrnschlüssel an die
rechte Hüfte gehängt, und er kam nach Hause, um zu ver=
suchen, ob er die Schatzkammer der Natur auch ohne diesen
Schlüssel aufschließen könne.

Seine Hoffnungen betrogen ihn diesmal nicht, denn
sie waren nicht auf Menschen gebauet, sondern auf sein
eigenes Herz. Er las und schrieb, jagte und blies auf der
Flöte, war gesund und folglich froh.

Eines Tages lag er am Abhang eines Hügels und
übersah ein Kornfeld, auf welchem die Schnitter arbei=
teten. In der Ferne erblickte er ein schönes schlankes Mäd=
chen, weiß gekleidet, ihr kastanienbraunes Haar ringelte
sich unter dem Strohhute hervor; sie stand und sah den
Arbeitern zu. Der junge Baron lag und sah ihr zu, und
hätte viel darum gegeben, wenn ein Windstoß ihr den
Strohhut vom Kopf genommen hätte, weil er aus dem
schönen braunen Haar auf ein paar schöne braune Augen

schloß, und weil solche Augen ihm nicht gleichgiltig
waren.

Jetzt verwundete eine alte Bäuerin sich mit der Sichel im
Fuße, ihr Blut strömte, und sie fiel ohnmächtig nieder.
Rasch lief das schlanke Mädchen hin zu ihr, bückte sich,
wusch die Wunde aus ihrem Riechfläschchen, verband sie mit
ihrem Schnupftuch, und geleitete dann die Alte selbst in
eine nahe Hütte. Der junge Kammerherr, der in diesem
Augenblicke nichts weniger als Kammerherr war, stützte
den halben Leib auf die linke Hand, hielt die rechte über
die Augen, und sah ihr nach, bis der letzte Zipfel ihres
weißen Gewandes in der Hüttenthür verschwand. Nun
merkte er erst, daß sein Herz klopfte, und seine Wange
glühte. Er sprang auf, lief hinab zu den Schnittern, und
fragte: »Lieben Leute, wer war das hübsche Mädchen, das
hier bei euch stand, und der alten Frau Hilfe leistete?«

»Fräulein Louischen,« sagte ein Greis und zog seine
Mütze ab.

»Laß die Mütze sitzen, alter Graukopf.«

»Ich entblöße immer mein Haupt, wenn ich Fräulein Louischen nenne, denn sie ist fromm und gut.«

Nun gab es Frag und Antwort, der Greis wurde ge-
schwätzig, und der Jüngling erfuhr endlich — daß er halb
und halb verliebt sei. Am andern Tage in aller Frühe, als
Louise noch im Negligee war, erschien ein schmucker Reiter
vor ihrer Thür. Er stieg ab, umarmte ihren Vater, küßte
ihr die Hand, sprach wenig von Vielem, blickte oft in die

2 *

schönen braunen Augen, und da zum Unglück kein Strohhut das sanfte Licht dieser Augen brach, so ritt er wieder
weg, kränker als er gekommen war. Er ritt den ganzen Tag
und wunderte sich über den langen Weg, und merkte gegen
Abend, daß er dreimal um ein Schloß herumgeritten sei.
Nun war es klar, daß er eine tiefere Wunde im Herzen
trage, als die Bäuerin im Fuße.

Er ritt daher am andern Morgen den kürzesten Weg
zu Louisen, und wählte den kürzesten Weg, seine süße
Qual zu endigen, das heißt, er sprach zum Vater: »Wollen
Sie mir Ihre schöne Tochter zur Frau geben?«

Der Vater sagte Ja, denn der reiche Baron besaß alles,
was einem Vater gefällt; und die Tochter sagte auch Ja,
denn der schöne Jüngling trug eine Gestalt, welche den
Töchtern behagt. Wenig Wochen nachher sagten die jungen Leute Ja vor einem Priester, und wenig Wochen nachher zogen sie in die Residenz, um den Winter daselbst zu-
zubringen.

Ganz unähnlich fand Louise ihren Gemahl nicht dem
Luftbild, welches sie seit dem vierzehnten Jahre mit sich her-
umtrug; aber auch nicht ganz ähnlich. Er war ein gesetzter
Mann, der nie schwärmte, selten tändelte und herzlich
liebte. »Um meine Frau glücklich zu machen,« sprach er zu
sich selbst, »muß ich damit anfangen, ihr Freund zu sein;
ich muß ihr Vertrauen gewinnen, denn ein Mann, der
Furcht erweckt, will betrogen sein, und ist es gewöhnlich.
Ich darf nie den Liebhaber spielen, denn mit einem Lieb-

haber geht man nie aufrichtig um. Freundlich, gefällig, aufmerksam, zärtlich; aber nie überlästig, nie leidenschaftlich ober mißtrauisch; das sind die Eigenschaften eines liebenswürdigen Gatten.“

So lautete s e i n Selbstgespräch, und wie das ihrige?

»Es ist doch sonderbar, ich bin jung und schön, und mein Mann liebt mich nicht. Der ruhige Besitz hat ihn kalt gemacht. Hab' ich Gesellschaft, so läßt er mich allein. Will ich ausfahren, so hat er nie etwas dagegen einzuwenden. Komm' ich nach Hause, so empfängt er mich freundlich, und frägt nicht einmal: Wo kommen Sie her? — Ich will seine Liebe prüfen, ich will ihn eifersüchtig machen. O ihr Männer! um euch immer zu gefallen, muß man euch quälen. Man sei zärtlich, treu, zuvorkommend, so wird man vernachläßigt. Ein gleichförmiges Glück macht euch Langeweile. Ohne Widerstand kein Vergnügen. Launen, Koketterie, Flatterhaftigkeit; das ist die Würze, die euren verwöhnten Gaumen reizt. Wohlan, mein Herr Baron, ich bin Ihnen herzlich gut, aber ich will anfangen, Sie daran zweifeln zu lassen. Wir wollen sehen, ob wir Ihnen nicht die unausstehliche Ruhe benehmen können, die einen ewigen Frühling auf Ihr Gesicht zaubert.“

Gesagt, gethan. Louise stürzte sich in einen Wirbel von Zerstreuungen, sie spielte die Kokette, zwar ziemlich schlecht, aber sie spielte sie doch. Sie lieh allem, was sie that, den Anstrich des Geheimnisses, gab und empfing Besuche ohne ihren Mann.

»Da haben wir's!« sagte der Baron, »meine Frau ist ein Weib wie alle anderen. Eine Ehe von vier Monaten macht ihr Langeweile. Lasse ich sie merken, daß ich verliebt in sie bin, so mache ich mich noch obendrein lächerlich. Ich muß mich verstellen und schweigen. Sanftmuth und Gefälligkeit gewinnen zwar nicht immer Herzen, aber Klagen und Vorwürfe nie.« Er schwieg, verbannte jeden Schein von Zwang, und verdoppelte seine zuvorkommende Aufmerksamkeit.

Louise wurde ungeduldig. »Mein Gott! sagte sie, »ich mag thun, was ich will, dieser Mensch wird mich nie lieben. Er schläft noch immer ruhig, er ißt und trinkt gut, nichts stört seinen Gleichsinn. Soll ich mein Leben mit einer Marmorbüste vertrauern, die weder lieben noch hassen kann? — Nein, Amor und Hymen vertragen sich nicht, Freiheit ist die Mutter der Liebe! — Mein Gemahl ist ein Biedermann, das gesteh' ich gern; aber wenn ein Biedermann Langeweile macht, was soll man thun?«

So vergiftete Schwärmerei dies junge Herz und die verpestete Hofluft that das übrige. Louise wurde mürrisch, launisch, kalt gegen die Freunde ihres Mannes, und bitter gegen ihn selbst.

»Sie liebt mich nicht!« rief der junge Baron schmerzvoll, »wenn ich fortfahre, sie mit meiner Zärtlichkeit zu quälen, so wird sie mich endlich hassen. Louise mich hassen! da sei Gott für!«

»Madame,« sagte er eines Abends zu ihr, »wir leben nicht glücklich mit einander.«

Louise. So scheint es.

Der Baron. Ich frage nicht warum? das Herz hat selten Gründe.

Louise (bitter). Vortrefflich!

Der Baron. Sie gaben mir Ihre Hand ohne mich zu kennen, das ist zum Theil meine Schuld.

Louise. Sehr großmüthig.

Der Baron. Ich will mich dafür bestrafen, ich will mich selbst aus Ihrer Gegenwart verbannen. Sie bewohnen Ihren Flügel und ich den meinigen; wir werden uns selten sehen.

Louise (mit unterdrückten Thränen). Nach Ihrem Gefallen.

Der Baron. Ich habe Vertrauen zu Ihnen, ich fordere nichts, als was Wohlstand, Erziehung und Ihr eigenes Herz Ihnen vorschreiben.

Louise. Gewährt, mein Herr.

Der Baron. Sie haben von diesem Augenblicke an Ihre eigene Tafel, Bedienung, Equipage —

Louise. Ich nehme es mit Dank an.

Der Baron. Leben Sie wohl.

Er sagte die letzten Worte mit erstickter Wehmuth. Er öffnete die Thür, und sah sich noch einmal um. Auf Louisens Wange glühten Stolz und Liebe. Die Liebe wollte reden, der Stolz haschte ihr das Wort vom Munde. Sie schwieg, und der Baron ging, verschloß sich in sein Zimmer und weinte. Ueber seinem Ruhebette hing ein Gemälde

von Darbes, seine Frau in der weißen Tracht mit dem
Strohhute, wie er sie zum ersten Male sah. Dies Bild
war von nun an seine einzige Gesellschaft, ihm vertraute
er seinen Kummer, ihm klagte er seine Leiden.

Louise machte indessen Gebrauch von ihrer Freiheit.
Sie sammelte einen glänzenden Hof um sich her, sie gab
Souper, Ball, Konzert; alles, was auf den guten Ton
Anspruch machte, drängte sich in ihren Zirkel. Natürlich
fehlte es einem jungen schönen Weibe von siebzehn Jahren
auch nicht an Bewunderern. Hundert Schmetterlinge flat=
terten um die Rose, die nur von den wohlthätigen Dornen
der Unschuld vertheidigt wurde.

Jetzt erschien der junge Graf Lalli, der furchtbarste
Stutzer des Hofes. Es war entschieden, daß Niemand ihm
widerstehen konnte, und die Damen ersparten sich die ver=
gebliche Mühe. Er war schön wie der Morgen, voll An=
stand und Grazie. Er sprach wenig aber gut, Blick und
Stimme gaben den geringfügigsten Dingen in seinem
Munde einen Werth. Er war ein Geck; aber er verstand
die Kunst, mit Anstand ein Geck zu sein. Bescheidener
Stolz thronte auf seiner Stirn. Er entschied über alles,
doch immer mit wenigen sanften Worten. Widerspruch
hörte er gefällig, ein Lächeln war gewöhnlich seine ganze
Antwort. Nie bestritt er eine fremde Meinung, nie gab er
sich die Mühe, von der seinigen einen Grund anzugeben.
Mit einem hohen Begriff von sich selbst, verband er die
höflichste Aufmerksamkeit für andere.

So hatte er sich, ohne recht zu wissen wie, zum Orakel aller Gesellschaften gemacht. Man wählte kein neues Kleid, keine Farbe eines Wagens, ohne seinen Geschmack zu Rathe zu ziehen. Das ist artig, das ist hübsch, waren kostbare Worte aus seinem Munde, und sein Schweigen ein Verdammungsurtheil. Eben so stempelte sein Beifall auch Schönheit, Talent, Witz und Geist. Die Dame, die er mit seiner Aufmerksamkeit beehrte, war von dem Augenblick in der Mode, und jeder Nebenbuhler trat schüchtern zurück.

Arme Louise! Genug, und mehr als genug, für ein unerfahrnes Herz, für ein Weib, das mit seinem Gatten unzufrieden ist.

Sie staunte über seine Schönheit, mehr noch über seine Bescheidenheit. Ehrfurchtsvoll trat er herein, und setzte sich auf den untersten Platz. Aber sogleich flogen alle Blicke nach ihm, und lustwandelten auf ihm herum. Seine Kleidung war ein Muster des Geschmacks, die jungen Herren rings umher studirten sie aufmerksam. Spitzen, Stickerei, Degengefäß, Alles ward begafft, und die Namen der Kaufleute, deren Kundmann er war, und der Handwerker, die für ihn arbeiteten, sorgfältig aufgeschrieben.

»Sonderbar!« ruft man aus, „nur Er hat diese Muster, diese Farben —"

»Die Industrie,« erwiedert Lalli bescheiden, »ist so hoch gestiegen, daß dem Geschmack nur die kleine Mühe übrig bleibt, sie zu beschäftigen.«

Die ganze Gesellschaft glaubt, Graf Lalli habe etwas tief durchdachtes gesagt. Er glaubt es selbst und nimmt eine Prise Tabak. Seine Dose erregt neues Staunen. Sie war indessen nur von einem jungen Künstler, dem Lalli empor helfen wollte. Man verlangte von Allem die Preise zu wissen; er lächelte und wußte sie nicht. Man flüsterte und nannte die Dame, die seine Ausgaben besorgte.

»Ich bin beschämt, gnädige Frau,« raunte er Louisen in's Ohr, »daß diese Kleinigkeiten eine Aufmerksamkeit be= schäftigen, welche sich auf einen weit interessanteren Gegen= stand concentriren sollte. Ich muß hören, ich muß reden, in= dessen ich blos zu sehen wünsche. Nie hat meine Gefälligkeit mich mehr gekostet, und ich hoffe, Sie werden mir erlauben, mich dafür in einem ruhigern Augenblicke schadlos zu halten.«

»Ein Mann wie Graf Lalli ist immer willkommen,« antwortete Louise erröthend, und dies Erröthen, und das zärtliche Lächeln, mit welchem Graf Lalli eine ehrfurchts= volle Verbeugung begleitete, ließen die flüsternde Gesell= schaft vermuthen, daß die Intrigue so gut als geknüpft sei. Louise, welche einige Worte in's Ohr geraunt für nichts Böses hielt, und nichts weniger als ein Rendezvous gege= ben zu haben glaubte, wurde nicht einmal gewahr, daß die Weiber sich gewisse Blicke zuwarfen, und die Männer sich kleine Spöttereien entschlüpfen ließen.

Aber Lalli ging, und Louise ward zerstreut. Man lenkte das Gespräch auf ihn, selbst seine Nebenbuhler und Louisens Nebenbuhlerinnen sprachen zu seinem Lobe. Von zwanzig

Frauen, deren Gunst er besessen, hatte keine sich über ihn zu beklagen. Louisen entschlüpfte kein Wort. »Zwanzig Frauen!« wiederholte sie bei sich selbst, »das ist viel! aber was Wunder! er sucht Eine, die ihn auf immer fesseln könne, und selbst einer beständigen Leidenschaft fähig sei.«

Der Morgen kam, man erwartete ihn, man wurde unruhig, er kam nicht; man hatte Laune, er schrieb, man las sein Billet, und die Laune verschwand. Er war in Verzweiflung, die schönsten Augenblicke seines Lebens verlieren zu müssen. — Ueberlästige belagerten ihn — er konnte nicht entwischen — denn diese Ueberlästigen waren wie gewöhnlich Leute von Stande — aber er bat bringend um Erlaubniß, am andern Morgen recht früh kommen zu dürfen, um u. s. w.

Der Abend kam. Louise empfing ihre Gesellschaft mit Kälte, man bemerkte es, und errieth die Ursache.

»Graf Lalli wird heute nicht hier sein,« hub die geschminkte Baronesse A. an, »er speist auf dem kleinen Landhause der Gräfin B.«

Louise erblaßte. »Ich will den Treulosen nie wiedersehen,« sprach sie zu sich selbst. — »Aber warum nicht? — wer weiß ob nicht Bosheit oder Eifersucht aus den geschminkten Lippen der Baronesse A. sprechen? — Und was wage ich am Ende dabei, ihn noch Einmal zu sehen? — muß ich ihn nicht hören, bevor ich ihn verdamme.«

Der Morgen kam. Louise saß an ihrer Toilette. Lalli trat herein wie ein Polisson, aber wie der artigste Polisson

von der Welt. Louise erschrack, einen Menschen, den sie kaum
kannte, im nachlässigsten Negligee erscheinen zu sehen, und
hätte er ihr Zeit gelassen, vielleicht wäre sie böse geworden.
Aber er sagte ihr in einem Athem so viele schöne Dinge
über ihre frische Farbe, ihr schönes Haar u. s. w., daß sie
nicht den Muth hatte zu zürnen.

Das kleine Landhaus der Gräfin B. fiel ihr wieder
ein, aber es wäre unschicklich gewesen, jetzt schon Eifersucht
merken zu lassen, und ein Vorwurf konnte sie verrathen.
Sie begnügte sich, nachlässig zu fragen, wo er seinen Abend
zugebracht habe?

»Wo?« versetzte Graf Lalli, »weiß ich es selbst? O wie
ermüdend ist die große Welt! Selig, der von Allen vergessen
wird, und Alles vergißt, um nur für sich und die Liebe
zu leben. Glauben Sie mir, gnädige Frau, wenn Ruhe und
Freiheit Ihnen lieb sind, retten Sie sich aus dem Wirbel, der
Sie umgibt. Wozu alle die Schmetterlinge, die Ihnen den
Hof machen? Ein Jeder schmeichelt sich mit Ihrer Eroberung. Oder haben Sie vielleicht schon eine Wahl getroffen?«

Lalli's unbefangene Vertraulichkeit hatte Louisen gleich
etwas verwirrt, die letzte Frage machte sie vollends stumm.
Lalli wurde es gewahr. »Ich war vielleicht unbescheiden,«
fuhr er fort.

»Keineswegs,« erwiederte Louise sanft, »ich habe keine
Geheimnisse.« Das Flattern der jungen Herren belustigt
mich, aber keiner von ihnen scheint mir einer ernsthaftern
Neigung werth.«

Lalli fand ihr Urtheil zu strenge und sprach mit Nach=
sicht von seinen Nebenbuhlern. »Herr von C. zum Bei=
spiel,« sagte er, »könnte liebenswürdig sein; er hat wenig
Kenntnisse, und das ist Schade, denn er spricht artig genug
von Dingen, die er nicht versteht, und das beweist, daß mit
ein wenig Mutterwitz man die Kenntniß leicht entbehren
kann. Herr von D. ist ein Etourdi, aber wenn eine Frau
von Welt sich die Mühe nimmt, das erste Jugendfeuer zu
dämpfen, so kann etwas aus ihm werden. Der Major E.
ist ein Mann von Empfindung, und ich glaube seine naive
Dummheit würde mir gefallen, wenn ich ein Frauenzim=
mer wäre. Das ist eine Beute für die Schlingen irgend
einer Kokette. Der Kammerjunker F. ist ein eingebildeter
Geck, aber lassen Sie ihn nur erst fünf= oder sechsmal aus
dem Korbe gestochen sein, und Sie werden erstaunen über
seine Bescheidenheit. Indessen sind alle diese Herren vor der
Hand nicht Ihre Sache, und doch sind Sie frei. — Was ma=
chen Sie mit dieser Freiheit?«

Louise. Ich suche sie zu genießen.

Der Graf. Possen! man genießt seine Freiheit nur
in dem Augenblick, da man darauf Verzicht thut. Sie
sind jung und schön, wenn Sie Ihr Herz nicht bald verschen=
ken, so verschenkt es sich selbst. Aber die Wahl ist freilich
wichtig. Sie werden lieben, wo nicht, so werden Sie doch
geliebt werden, das ist sehr natürlich. Aber in Ihrem Alter
muß man einen Liebhaber wählen, der zugleich Rathgeber
und Freund sei; einen Mann von Welt, der Sie vor Gefah=
ren warne —

Louise (mit einem höhnischen Lächeln). Einen Mann, zum Beispiel wie Sie, Herr Graf —

Der Graf. Wahrhaftig ja! mit mir würden Sie nicht übel fahren; und wäre ich nicht so belagert, wüßte ich mich loszuwinden —

Louise. Thun Sie das nicht, es würde Ihnen zu viele Opfer kosten, und mir zu viele Feinde machen.

Der Graf (kalt). Opfer, gnädige Frau? keineswegs! ich werde Ihnen nie etwas aufopfern. Verlassen, was man wenig achtet, und erringen, was man feurig wünscht, ist kein Opfer. Was die Feinde betrifft, so kümmert das wenig, wenn man Verstand und Muth hat, sich selbst zu leben.

Louise. Man ist furchtsam in meinem Alter. Und wäre es auch nur die Verzweiflung einer Gräfin B., vor welcher ich zittern müßte —

Der Graf (ohne im geringsten betroffen zu sein). Gräfin B.? Die Gräfin B. ist eine gute vernünftige Frau, die gar nicht verzweifeln wird. Ich merke wohl, daß man geschäftig gewesen ist. Wohlan, hier ist meine Geschichte mit ihr. Die Gräfin ist im Herbst ihres Lebens. Um von der großen Welt nicht vergessen zu werden, hat sie mich gebeten, ihr einige Aufmerksamkeiten zu bezeigen. Es wäre unartig gewesen ihr das abzuschlagen. Um unsern Rendezvous mehr Glanz zu geben, hat sie ein kleines Landhaus gekauft. Ich habe ihr genug vorgestellt, daß es nicht der Mühe werth sei, und daß ich ihr höchstens einen Monat zugestehen könne. Ohne mein Wissen und Willen ist das kleine Landhaus sehr zierlich möblirt worden, und — die Hauptsache — ich habe versprechen müssen, mit der Miene des Geheimnisses dort zu soupiren. Das geschah gestern Abend. Um den geheimnißvollen Schleier noch dichter zu weben, hatte die Gräfin nicht mehr als fünf oder sechs von ihren Freundinnen eingeladen, und mir nicht mehr als fünf oder sechs von meinen Freunden mitzubringen erlaubt. Ich ging also hin, that als amusire ich mich herrlich, war galant, zärtlich, kühn — kurz, ich ließ die Gäste wegfahren, und verließ die Wirthin erst eine halbe Stunde nachher. Das war, glaube ich, alles, was der Wohlstand erheischte. Auch schien die Gräfin entzückt, und ist nun wieder für ein ganzes Jahr sicher, einen glänzenden Zirkel um sich zu sehen. Gestehen Sie, gnädige Frau, daß ich diese Dame jetzt verlassen darf, ohne Vorwürfe zu fürchten. Schließen Sie daraus auf meine Art mich zu benehmen. Der Ruf eines Frauenzimmers ist mir so lieb als mein eigner; noch mehr, ich opfere ihm mit Vergnügen meine eigene Eitelkeit. Das größte Unglück für eine Dame von Welt ist, verlassen zu werden. Ich verlasse nie, ich weiß es immer so einzurichten, daß man mich verläßt. Dann stelle ich mich untröstlich, und ich habe mich sogar zuweilen drei Tage lang eingeschlossen, blos um der Dame allein die Ehre des Bruchs zu vergewissern. Sie sehen, schöne Louise, daß nicht alle Männer so bös sind, als man sie ausschreit, und daß es noch Grundsätze und gute Sitten unter uns gibt.

Louise, welche hier weder den Werther noch den Tom
Jones reden hörte, fiel aus ihren Wolkenschlössern unsanft
zur Erde. »Wie, mein Herr?" sagte sie, »das nennt man
Grundsätze und gute Sitten?"

Der Graf. Allerdings, gnädige Frau; aber man fin=
det das selten, und die vorzügliche Achtung, in welcher ich
stehe, ist eben keine Empfehlung für unsere jungen Leute.
Auf Ehre! je mehr ich daran denke, je mehr wünschte ich
um Ihres eigenen Vortheils willen, Sie wählten einen
Menschen wie mich.

Louise (spöttelnd). Gewiß! Sie würden meinen Ruf
schonen; Sie würden, sobald der Ueberdruß sich einstellte,
mir die Ehre des Bruchs gönnen. —

Der Graf. Sie scherzen. Aber wenn ich Ihnen sage,
daß Sie eines denkenden Mannes werth sind, der Herz und
Geist zu schätzen weiß, so ist das kein Scherz. Ihr Herr
Gemahl ist ein recht guter Mensch, aber, mein Gott! er
hat kein Gefühl für Ihre Reize. Und überhaupt weiß man
ja wohl, daß eine Frau sich nicht die Mühe nimmt, bis
auf einen gewissen Grad liebenswürdig für ihren Mann
zu sein; der Wunsch, ihm zu gefallen, ist nie lebhaft genug.
Glücklicherweise ist der Baron so vernünftig, Ihnen keinen
Zwang anzuthun, eine Gefälligkeit, die Sie wenig verdie=
nen würden, wenn Sie die kostbarste Zeit Ihres Lebens in
unthätiger Zerstreuung verlören.

Louise. Wir denken verschieden, Herr Graf. Meine
Wahl — wenn ich anders je wählen sollte — würde mir

25

nur dann verzeihlich scheinen, wenn eine wahre dauerhafte Neigung —

Der Graf. Wie! Louise? Beständigkeit in Ihrem Alter? — Wahrhaftig, wenn ich das glaubte, ich wäre fähig eine Thorheit zu begehen.

Louise. Und die wäre?

Der Graf. Mich in allem Ernst zu verlieben.

Louise (spöttisch). Wirklich? Sie hätten den Muth?

Der Graf. Ich sage Ihnen, ich bin herzlich bang dafür.

Louise. Die sonderbarste Liebeserklärung von der Welt.

Der Graf. Sie ist albern, ich fühle es wohl. Aber Sie müssen mir verzeihen, es ist die erste in meinem Leben.

Louise. Die erste?

Der Graf. Ja, gnädige Frau, bis jetzt war man immer so gütig mir zuvorzukommen. Aber ich fühle wohl, daß ich alt werde.

Louise (lachend). Wohlan! mein Herr, ich verzeihe Ihnen um der Seltenheit willen.

Der Graf. Wahrhaftig? ich darf Sie lieben? und darf hoffen geliebt zu werden?

Louise. Halt! halt! so weit sind wir noch nicht. Die Zeit muß lehren, ob Sie es verdienen.

Der Graf. Wie? — im Ernst? — sehen Sie mich an.

Louise. Nun! ich sehe Sie an

Der Graf. Und Sie lachen nicht?

Louise. Worüber?

XXII.   3

Der Graf. Ueber Ihre drollige Antwort. Halten Sie mich für ein Kind?

Louise. Mich dünkt, meine Antwort war sehr vernünftig.

Der Graf. Haben Sie mir denn ein tête à tête zugestanden, um Vernunftschlüsse zu machen?

Louise. Ich habe nicht gewußt, daß man Zeugen einladen muß, wenn man vernünftig reden will. Auch weiß ich nicht, ob Sie über mein Benehmen klagen dürfen. Ich gestehe Ihnen zu, daß Sie mit einer interessanten Gestalt Geist und Grazie verbinden —

Der Graf. Sehr gütig.

Louise. Aber das ist noch nicht genug, um mein Vertrauen zu gewinnen, und meine Neigung zu fesseln.

Der Graf (lächelnd). Noch nicht genug? und was bedarf es denn mehr?

Louise. Eine tiefere Kenntniß Ihres Charakters, eine innigere Ueberzeugung von Ihrer Liebe. Ich verspreche nichts, ich versage nichts; Sie dürfen Alles hoffen, aber nichts begehren. Wenn das Ihnen genügt —

Der Graf. Um Ihre Liebe zu verdienen, schöne Louise, ist freilich kein Opfer zu groß. Aber im Ernst, können Sie verlangen, daß ich Allem entsagen soll, um des Glückes einer ungewissen Zukunft willen? — Sie wissen — ohne Prahlerei sei es gesagt — daß ich überall gesucht werde. Sei es Geschmack, sei es Laune, gleichviel! Genug es ist so, ich bin nun einmal in der Mode; aber ich bin es müde, die Modepuppe zu spielen. Lange schon suchte ich einen Gegenstand, der mich fesseln könne, ich habe ihn gefunden, und mit Freuden will ich vergessen, daß Amor Flügel hat, sobald ich von heute an gewiß bin, daß ich nicht vergebens seufze. — Sie wollen Zeit? Ueberlegung? Wohlan, ich gebe Ihnen vierundzwanzig Stunden, und hoffe, Sie werden mit mir zufrieden sein, denn noch nie gab ich so viel.

Louise. Ich sehe wohl, daß meine Langsamkeit und Ihre Ungeduld sich nicht vertragen werden. Ich bin jung, und habe Gefühl; aber weder Jugend noch Gefühl sollen mich zu einer Unbesonnenheit verleiten. Nur Proben einer wahren Liebe, Zeit, Gewohnheit, Zutrauen und Achtung können meine Wahl entscheiden.

Der Graf. Aber, gnädige Frau, glauben Sie denn im Ernst, daß Sie einen liebenswürdigen Mann finden werden, der nichts besseres zu thun hat, als den meilenlangen Faden einer Intrigue zu spinnen? und Sie selbst, wollen Sie sich so lange fragen: soll ich lieben oder nicht? bis die schönen Tage Ihres Frühlings verstrichen sind?

Louise. Ich weiß nicht, ob ich jemals lieben, und wie viel Zeit ich dazu brauchen werde? aber diese Zeit wird nie verloren sein, wenn sie mir Reue erspart.

Der Graf. Ich bewundere Sie, gnädige Frau, wahrhaftig, ich bewundere Sie. Aber ich habe nicht die Ehre zu den alten Rittern der Tafelrunde zu gehören, und ich kam wahrlich nicht so früh hieher, um den Plan eines Romans mit Ihnen zu entwerfen.

3 *

Er verbeugte sich und ging. Louise blieb versteinert.

»Das ist also der Mann, den die ganze Welt liebens=
würdig nennt? Er erzeigt mir die Ehre mich artig zu fin=
den, und wenn er mich der Beständigkeit fähig glaubte, so
würde er die Thorheit begehen, mich in allen Ernst zu lie=
ben? aber er hat unmöglich Zeit meinen Entschluß abzu=
warten? in vier und zwanzig Stunden soll ich mich erklä=
ren? Das ist mehr als er jemals zugestand! — O ihr
Weiber der großen Welt! wie tief laßt ihr euch herabwür=
digen! — Freue dich, Louise, du hast ihn kennen lernen.
Die größte Erniedrigung für eine Frau ist die, einen Gecken
zu lieben.«

Am nämlichen Abend, nach der Oper, versammelte
sich die schöne Welt, wie gewöhnlich, bei Louisen. Der
Kammerjunker F. näherte sich ihr geheimnißvoll und flü=
sterte ihr in's Ohr, daß weder Graf Lalli noch der Major
E. heute die Gesellschaft vermehren würden.

»Desto besser,« sagte Louise, »ich thue meinen Freunden
nicht gern Zwang an. Es gibt sogar Leute, deren Zudring=
lichkeit mir lästig wird.«

Der Kammerjunker. Wenn Lalli unter diese Zahl
gehört, so sind Sie auf lange Zeit von ihm befreit.

Louise. Vermuthlich ist sein Stolz beleidigt?

Der Kammerj. O nein, sein Stolz ist unver=
wundbar, aber er selbst nicht. Davon hat der Major E.
so eben einen Beweis geliefert.

Louise. Der Major E.? wie das?

Der Kammerj. Erschrecken Sie nicht. Alles ist in gehöriger Ordnung vorgegangen.

Louise. Mein Gott, was ist vorgegangen?

Der Kammerj. Sie kennen den Major, er ist ein wenig lebhaft; und Graf Lalli, mit aller seiner Bescheidenheit, gibt sich zuweilen gewisse Airs, die nicht jedermann gefallen. Wir standen nach der Oper zusammen auf dem Theater, und hörten ihm wie gewöhnlich zu, wie er rechts und links urtheilte, tadelte, lobte; denn das muß man ihm lassen —

Louise. Zur Sache, mein Herr.

Der Kammerj. Wohlan zur Sache. Er fragte, ob wir diesen Abend bei der kleinen Baronesse speisen würden? (Verzeihen Sie, er nennt Sie nur immer die kleine Baronesse.) Wir antworteten Ja. Ich werde nicht hinkommen, sagte er, denn seit diesem Morgen schmollen wir mit einander. — Warum? warum? fragten wir Alle. — Da erzählte er uns, Sie hätten ihm ein Rendezvous gegeben, er sei das erste Mal ausgeblieben, das hätten Sie übel genommen, er habe diesen Morgen sein Verbrechen wieder gut gemacht, er habe das Versäumte einholen wollen; aber Sie hätten ein wenig das Kind gespielt, hätten Zeit, Ueberlegung, und was weiß ich Alles verlangt; Ihre ewigen Abers und Wenns hätten ihm endlich Langeweile gemacht, und er habe Sie — wie soll ich es nennen? —

Louise. Sitzen lassen, mein Herr.

Der Kammerj. Bewahre der Himmel! wie könnte

dieſer Ausdruck meinen Lippen entſchlüpfen. — Er erzählte weiter: Sie wollten durchaus mit einer ernſtlichen Verbindung debutiren; er habe auch wirklich einige Neigung dazu empfunden, aber Alles wohl überlegt, fehle es ihm an Zeit. Er habe die Feſtung rekognoſcirt (verzeihen Sie, gnädige Frau, es ſind ſeine eigenen Ausdrücke), er glaube, ſie werde eine förmliche Belagerung aushalten, und da er nur geſchickt ſei zu überrumpeln, ſo überlaſſe er Einem von uns dieſe Eroberung. Die Tugend, ſetzte er hinzu, iſt Ihr Steckenpferd, und die Empfindſamkeit Ihre ſchwache Seite. Nahm ich mir die Mühe den Empfindſamen zu ſpielen, ſo war der Sieg mein.

Auf Louiſens Wangen glühten Zorn und Scham.

»Ich wußte recht gut,« fuhr der Kammerjunker fort, »daß er nur prahlte, aber ich war ſo vernünftig zu ſchweigen. Der Major E. nahm das Ding ernſthafter, er ſagte ihm ganz trocken, daß er lüge. Darauf gingen ſie mit einander hinaus.«

Louiſe (unruhig). Nun? und dann?

Der Kammerj. Nun, und dann, gnädige Frau, ich ging ihnen nach. Der Major empfing einen Stich in den Unterleib —

Louiſe. Und der Graf?

Der Kammerj. Der empfing zwei, die ihn lange genug im Bette halten werden. Ich führte ihn zu ſeinem Wagen. »Siehſt du,« ſagte er, »wie die jungen Leute ſind, nie wollen ſie belehrt ſein. Schade, daß dieſer Major ſo hitzig iſt, er wäre ſonſt ein recht liebenswürdiger Menſch. Leb wohl, mein Freund, ſetzte er hinzu, und brich dir nie den Hals um eines Weibes willen; denn es gibt nicht Eine, die auch nur den ſchwächſten ihrer Reize für einen Geliebten aufopfern würde.»

Louiſe war außer ſich. Sie gab Kopfſchmerzen vor, und man weiß, daß Kopfſchmerzen eine höfliche Manier ſind, die Geſellſchaft zu verabſchieden. Man ließ ſie allein. Sie warf ſich auf den Sofa, ihr ſchönes Auge ſchwamm in Thrä= nen, ihr Herz war von mannigfaltigen Gefühlen zerriſſen. Major E. iſt verwundet — Lalli ſtirbt vielleicht — ein Zweikampf, der ſie zum Mährchen der Stadt macht — wenn ihr Gemahl es erfährt, was wird er ſagen? — Alles das wogte in ihrer Seele auf und nieder; und fiel zuweilen ein Sonnenblick dazwiſchen, ſo beleuchtete er das Bild des Majors, deſſen Großmuth einen tiefen Eindruck auf ihr Herz gemacht hatte.

Indeſſen ging alles beſſer, als man hoffen durfte. Der Kammerjunker fand bei ſeiner Heimkunft ein Billet vom Major E., welcher ihm den Hals zu brechen verſprach, wenn er die Begebenheit verlautbarte; und es gibt Mittel, die ſelbſt einen Kammerjunker zum Schweigen bringen. Auch Lalli ſchwieg; denn obgleich ein verſchmähter, ge= kränkter Liebhaber öfters Gunſtbezeugungen auspoſaunt als ein glücklicher, ſo war ihm doch ſeine erſte Indiscretion all= zu übel bekommen, und er wandelte einen Monat lang an den Ufern des Styr.

Der Major ward bald wieder hergestellt. Louise sah ihn
zum ersten Male mit einer sanften Bewegung, die sie noch
nie gefühlt hatte. Ein Mensch, der sein Leben für uns wagte,
wird uns natürlich lieb, lieber noch der, für den man sein
Leben wagte; immer fesseln Wohlthaten den Geber stärker
als den Empfänger. Was Wunder, daß der Major Louisen
auf das feurigste liebte. Aber jemehr er aus Dankbarkeit
fordern durfte, je weniger wagte er zu fordern. Ihm schien
es, er werde das Gefühl seiner edlen That verlieren, wenn
er Ansprüche darauf gründete. Er schwieg und näherte sich
Louisen nur mit bescheidner Blödigkeit.

Das war gerade die Art, ein Herz wie das ihrige zu
rühren. Zwar schwieg auch sie, weil sie fürchtete, die Grenzen der Dankbarkeit zu überschreiten; aber ihr wohlwollen-
des gütiges Betragen bewies, daß sie auch nicht undankbar
sein wollte.

So machte ihre gegenseitige Neigung täglich Fortschritte. Sie suchten sich mit den Augen, ohne es zu wollen;
sie sprachen vertraulich von unbedeutenden Dingen; sie legten einander Rechenschaft von allen ihren Schritten ab;
zwar gleichsam nur im Vorbeigehen, und um Etwas zu
sagen; aber mit so vieler Pünktlichkeit, daß sie immer auf
die Minute wußten, wo sie sich finden würden.

Nach und nach wurde der Major kühner, und Louise
weniger zurückhaltend. Beide wußten, daß sie sich liebten,
und es bedurfte nur noch eines kleinen geringfügigen Zufalls, um das Geständniß auch ihren Lippen zu entreißen.

Eines Tages waren sie allein; Louise ließ ihren Fächer fallen, der Major hob ihn auf; sie empfing ihn mit einem wohl= wollenden Lächeln; er küßte ihre Hand feurig, sie machte eine sanfte Bewegung sie wegzuziehen; er hielt sie fest, und sah ihr zärtlich in's Gesicht; ihr Blick wurde schmachtend, sein Auge wurde feucht; ihre Hand zitterte, die seinige bebte; ihr entschlüpfte ein Seufzer, und er lag zu ihren Füßen.

»Ich bin glücklich!« rief er entzückt, »Louise liebt mich!«

»Ja, ich liebe Sie,« stammelte Louise, »aber vergessen Sie nie, daß heilige Bande mich fesseln; ehren Sie meine Tugend.«

Ein edles Weib kann selbst den Wollüstling zum Hei= ligen umschaffen. Der Major war nie ein Götzendiener der Wollust, und wäre er es gewesen, Louisens reine Unschuld hätte den Sieg über seine Sinnlichkeit davon getragen. Er fühlte sich lange Zeit glücklich in dem Besitz eines treuen tugendhaften Herzens. »Der hat nie geliebt,« rief er oft, »den das Gefühl, so geliebt zu werden, nicht allein beglückt. Der hat nie geliebt, der fähig ist, die Unschuld eines Wei= bes durch Gewissensbisse zu vergiften.«

Louisen entzückten diese Gesinnungen ihres Helden. Sie liebte ihn täglich mehr, und er ward dessen täglich würdi= ger; bis endlich Neid und Schadenfreude, diese Geißeln der Menschen, sich auch zwischen ihnen einnistelten. Der Ma= jor hatte einen großen Hang zur Eifersucht, wie Alle, die einer starken Leidenschaft fähig sind. Alle Augenblicke kam

ein guter Freund, und raunte ihm boshaft lächelnd bald
dies bald jenes in's Ohr, wollte hier einen Blick, dort ein
zweideutiges Lächeln von Louisen aufgefangen haben, witzelte
über ihre Tugend, spöttelte über seine Sorglosigkeit, und
blies jeden Funken des Argwohns zur Flamme an.

Mit der Eifersucht ist es wie mit den Gespenstern; wer
keine Geister glaubt, sieht keine, und wer sich davor fürchtet,
sieht deren überall. Der Major E. wurde unruhig, finster,
empfindlich; Gesellschaft war ihm lästig, Einsamkeit machte
ihn bitter; er hatte Launen, krittelte, wurde verdrießlich,
wenn Louise munter war, und stichelte, wenn sie schwermü-
thig wurde. Das arme Weib fühlte mit jedem Tage mehr,
daß die Blumen-Fesseln sich in Ketten verwandelten, mußte
jeden Tag neue Klagen und neue Vorwürfe anhören. Jede
Mannsperson in ihrem Zirkel schien ihm ein Nebenbuhler,
den sie verbannen sollte.

Die ersten Opfer, welche er begehrte, wurden ihm ohne
Widerstand gebracht. Neue Wünsche von seiner Seite, neue
Opfer von der ihrigen. Doch nichts erstickt das Flämmchen
der Liebe schneller, als die drückende Luft eines ewigen Miß-
trauens. Sie wurde endlich müde seine Sklavin zu sein,
sie ließ ihn das merken, und nun brach seine tirannische Liebe
in Wuth aus. Louise suchte ihn zu besänftigen, aber vergebens! Er verlangte, sie sollte sich einschließen, nur für ihn
leben, Niemand sehen als ihn, für die ganze übrige Welt
todt sein.

»Die Opfer, welche der Liebe schmeicheln," sagte Louise

mit Sanftmuth, »bringt nur das Herz unter dem Schleier des Geheimnisses. Glänzende Opfer begehrt nur die Eigenliebe. Die Liebe will Sieg, die Eigenliebe Triumph. Ich fange an Sie zu fürchten, vielleicht auch minder hoch zu achten, und meine Liebe verlöscht. Sein Sie mein Freund, wenn Sie können. Ich werde Ihre Freundin bleiben, das ist das einzige Mittel, unsrer beider Ruhe wieder herzustellen.«

»Ha! nun erkenne ich,« rief der Major wüthend, »nun erkenne ich deine treulose Falschheit! Du hast mich nie geliebt! Nur ein Calli ist werth dein Herz zu besitzen, und ich war wohl ein großer Thor, daß ich mein Leben —«

»Reden Sie nicht aus,« unterbrach ihn Louise, »ich weiß Alles, was ich Ihnen schuldig bin, aber ich verlasse Sie, um Ihnen die Schamröthe zu ersparen, mir es vorgeworfen zu haben.«

Mit diesen Worten verschloß sie sich in ihr Kabinet, und der Major stürmte fort, fest entschlossen, sie nie wieder zu sehen.

Ein neues Heer von Schmetterlingen umgaukelte bald die Rose, aber Louise fand nirgends das Urbild ihrer romantischen Schwärmerei. Hier ein Geck, der ihr fade Albernheiten vorschnarrte, dort ein Siegwart, der ihr Mondgefühle zulispelte; hier ein prächtiger Thor, der sie durch seine Diamanten zu blenden glaubte, und dort ein eingebildeter Philosoph, der seine Empfindungen langweilig analysirte. Louise versank in jene finstere Schwermuth, welche so leicht ein Herz ergreift, das vergebens nach Mitgefühl sucht.

„Ach!" rief sie aus, »wie hasse ich alle Romanenschrei=
ber, die mich mit Fabeln einwiegten. Den Kopf voll von
romantischen Grillen, fand ich meinen Gemahl kalt und ge=
fühllos. O er ist liebenswürdiger als alle, die ich bisher
sah. Er ist sich immer gleich; er liebt mich wenig, aber er
liebt doch nur mich. Er schwärmt nicht, aber er ist im=
mer sanft und gefällig. Ach! nicht starke Leidenschaf=
ten, nur Seelenruhe gewährt wahres Glück. — Darf ich
noch Anspruch darauf machen? — habe ich die Freundschaft,
das Zutrauen, vielleicht gar die Achtung meines Gatten
noch nicht verloren? — O nein! kein Laster, nur jugend=
liche Unbesonnenheit führte mich irre. — Aber wird mein
Mann mir glauben? wird er mich hören? — Fliege zu
ihm, Louise! — du zögerst? was hält dich zurück? — die
Furcht, gedemüthigt zu werden? — blieb er nicht immer
edel selbst mitten in deinen Verirrungen? sollte er dich jetzt
minder schonen, da du reuevoll zurückkehrst? — und gelingt
es nicht, sein Herz wieder zu gewinnen, so wird dieser
Schritt dich doch mit dir selbst aussöhnen. Man hat nie
Alles verloren, wenn man seine eigene Achtung rettet."

So theilte der Sonnenblick der Tugend den Nebel,
welcher die schuldlose Lilie eingeschleiert hatte. Sie war ent=
schlossen, sich zu den Füßen ihres Gatten zu werfen, mit
hochklopfendem Herzen kam sie schon bis in sein Vorzim=
mer, hatte schon die Klinke seiner Thür in der Hand;
falsche Scham hält sie zurück, ein Geräusch jagte sie wieder
in ihr Zimmer. Noch zweimal versuchte sie es, noch zwei=

mal kehrte sie wieder um. Er war vielleicht nicht allein, und
wenn auch nur sein Kammerdiener im Zimmer war, wo
nähme sie den Muth zu reden her?

Jetzt hörte sie die Thüren des Barons verschließen.
Sie horchte ängstlich; er ging durch das Vorzimmer, und
fragte im Durchgehen: Wie befindet sich meine Gemahlin? — »Recht wohl,” antwortete man ihm; und
Louise ärgerte sich, daß man ihm glauben lasse, sie befinde
sich wohl. — Jetzt hörte sie seinen Fußtritt nur noch auf
der Treppe. Sie eilte an's Fenster, um ihm durch die Schei-
ben nachzusehen. Der Reisewagen fuhr vor, der Baron stieg
hinein und verschwand.

Mein Gott! der Reisewagen! rief sie aus, und
klingelte. Die Zofe trat herein.

»Ist mein Gemahl verreist?

Die Zofe. Er wird einige Tage auf dem Lande zubringen.

»Ach!” seufzte Louise, »warum darf ich nicht mit ihm
sein!” Sie verschloß sich in ihr Kabinet; sie war für Niemand zu Hause. Wohl zehn Briefe entwarf sie an ihren
Gatten, und zerriß sie alle wieder.

Endlich führte eine zärtliche Unruhe sie in das Zimmer
des Barons. Sie wollte wenigstens da sein, wo er zu sein
pflegte. Sie wollte auf seinem Stuhle sitzen, mit seinem
Hunde spielen. Sie wankte hinüber, und siehe da, das erste,
was ihr in die Augen fiel, war ihr Bild mit dem Strohhut.
Lange stand sie davor, und betrachtete es wehmüthig. »Er

hat mein Gemälde nicht verbannt, ach! er wird auch mich
nicht verstoßen!"

Der Blick des Urbilds schwamm in Thränen, der Blick
des Gemäldes lächelte. Pfui! daß du lächelst! rief Louise,
und plötzlich ergriff sie ein sonderbarer Gedanke, den sie auf
der Stelle auszuführen beschloß.

Paul, ein alter treuer Diener des Barons, wurde her-
beigerufen. »Paul,« sagte Louise gutmüthig, »nimm dies
Gemälde von der Wand, und trage es hinüber in mein
Zimmer.«

»Ach gnädige Frau!« rief Paul betrübt, »dies Gemälde
ist meines Herrn einziger Trost. Wie manche Stunde habe
ich ihn davor stehen und — warum soll ich es nicht sagen?
— wie manchmal habe ich ihn nicht verstohlen weinen
seh'n! rauben Sie ihm diese letzte Freude nicht.«

Louise schluchzte. »Thu, was ich dir gebiete. Das Bild
soll wieder an seinem Platze hängen, noch ehe dein Herr
zurückkehrt.«

Paul gehorchte seufzend. Louise ließ einen Maler kommen, und schloß sich mit ihm ein. Nach zwei Tagen hing
das Gemälde wieder im Zimmer ihres Gatten, der am
andern Morgen zurückkam.

Er öffnete die Thür; sein erster Blick suchte wie gewöhnlich das Bild: er fand es, stutzte, trat näher, staunte, und
traute seinen Augen kaum. Der Strohhut war verschwunden, das braune Haar flog in wilden Locken um den
Nacken; der lächelnde Blick des Auges war verschwunden,

eine Thräne glänzte darin, eine Thräne rollte über die blaſſe Wange.

„Was iſt das!" rief er bewegt, „ſollte — wäre es möglich! — ja, ich verſtehe dich, theures Weib! — du biſt mir wieder geſchenkt! Du biſt wieder mein!"

Raſch und haſtig ſtürzte er fort, hinüber zu Louiſen. Sie ſaß ängſtlich harrend auf dem Ruhebette, und was dort der Pinſel des Malers nur nachgeahmt hatte, das ſah er hier wirklich: das fliegende Haar, die blaſſe Wange, die Thräne im Auge. Als ſie den Tritt ihres Gatten im Vorzimmer hörte, wollte ſie aufſtehen, ihm entgegen eilen, aber ſie ſank kraftlos zurück.

Er ſtürzte zu ihren Füßen. „Louiſe, habe ich dich verſtanden!" Sie ſchluchzte an ſeinem Halſe; ſie wollte reden, ihm wenigſtens die Rettung ihrer Unſchuld betheuern — er verſiegelte ihren Mund mit Küſſen.

Wonnevoller Augenblick! der Anfang wonnevoller Jahre! denn in wenig Tagen verließen ſie die Stadt, und endeten ihr frohes Leben da, wo allein Ruhe und Glück wohnen — auf dem Lande.

Ausbruch der Verzweiflung.

(Geſchrieben im Januar 1791.)

Ha! wer bin ich! und was ſoll ich hier
Unter Tigern oder Affen!

Welchen Plan hat Gott mit mir?
Und warum ward ich geschaffen?
Ist das Stöhnen dieser Brust
Lobgesang in seinen Ohren?
Ist mein Elend seine Lust? —
O warum ward ich geboren!

Tobe, rase, wilder Sturm!
Lod're, Flamme, die mich brennet!
Wie! ist dem zertret'nen Wurm
Auch das Krümmen nicht vergönnet? —

Daß der Mensch Raub oder Spott
Thieren oder Engeln werde,
Warf ihn ein erzürnter Gott
Nackend auf die nackte Erde.
Und so tritt er, weil er muß,
Wimmernd unter seines Gleichen,
Weinen ist sein erstes Lebenszeichen,
Klageton sein erster Gruß.

O du Wesen voller Mängel!
Armes stolzes Mittelding!
Zu dem ersten seiner Engel
Sprach des Schöpfers ernster Wink:

»Sieh herab auf deine jüngern Brüder,
Das Gewimmel hier und hier;
Schwebe sanft und hilfreich nieder,
Kleide jedes wilde Thier;

Gib dem Löwen seine Mähnen,
Jedem Vogel weichen Pflaum;
Gib ein Federbett den Schwänen,
Eine Rinde jedem Baum;
Gib den Fischen ihre Schuppen,
Und der Kröte gib ein Schild;
Gib sogar den Raupen ihre Puppen —
Nur vorüber geh' an meinem Ebenbild!"

Und der Engel der Vollstreckung
Ward dem jüngern Bruder gram.
Nur der Mensch erhielt, statt der Bedeckung,
Marterndes Gefühl der Scham! —

O so schauet doch ein wenig
Jeden Vorzug näher an.
Den der Mensch, der Schöpfung König,
Eitel klügelnd sich ersann!
Die Vernunft — ei wie in meinen Ohren,
Bettelstolz, dies Wörtchen, tönt!
Wehe euch, ihr eitlen Thoren!
Die ihr einem Götzen fröhnt.
Wenn sie euch im ganzen Leben
Irre führte hin und her,
Lehrt sie noch im Tode beben,
Macht sie euch das Ende schwer.

Ohne Grübeln, ohne Sorgen,
Unbekannt mit Qual und Tod,

XXII. 4

Frißt am Abend wie am Morgen
Jeder Hund sein Stückchen Brot,
Nur ihr Menschen — ei wie selig,
Leidet euren Tod allmälig,
Nur ihr armen Menschen wißt,
Daß und w a n n ihr sterben müßt!
Und der Hölle Zwe el füllen,
Was auch Offenbarung spricht,
Euren Busen wider Willen;
»Werd' ich leben oder nicht?
Lieh dem Geiste nur die Hülle
Dieser seelenlose Staub?
Oder bin ich Gottes Grille?
Bin ich der Verwesung Raub?«

Sehet da die schönen Früchte
Eurer Weisheit, sie ist blind!
Eure Freuden sind Gedichte,
Die Vernunft ein schwaches Kind.
Eine Welt, die Niemand kennet,
Und Gewißheit einer Gruft, —
Ei das ist die große Kluft,
Die uns von den Thieren trennet.

Kaum geboren hüpfet schon
Jedes Lamm um seine Mutter,
Kaum geboren findet schon
Jedes Huhn sein bischen Futter.

Nur der Mensch, das Gabelthier,
Kann sich keinen Schritt entfernen,
Und der Schöpfung stolze Zier
Muß erst geh'n und essen lernen.
Aber heute lehrten ihn
Noth und Beispiel geh'n und essen;
Morgen will er Sterne messen,
Und den Mond herunter zieh'n;
Träumt von einer ew'gen Dauer,
Grübelt, betet, winselt, schreit,
Ueberspringt die hohe Mauer
Zwischen Zeit und Ewigkeit.

Nur am stolzen Menschen haften
Und gedeihen überall
Herrschgewöhnte Leidenschaften,
Ohne Maß und ohne Zahl:
Ueppigkeit und Geiz und Tücke,
Und der Rachsucht Giftgeschwür,
Ruhmsucht, Uebermuth im Glücke,
Todesfurcht und Lebensgier.
Klauen, Zähne, sind die Waffen,
Die man unter Thieren trifft;
Worte, Schwerter, Blicke, Gift
Sind für Menschen nur geschaffen.

Wenn die Thiere jeder Art
Nur der holde Frühling paart,

4 *

Ist der Mensch im ganzen Leben
Einem Stachel preis gegeben,
Dessen Name Wollust ist,
Der an seinem Dasein frißt,
Der ihm öfter schon als Knabe
Gift in süßem Honig beut,
Und den Gang zu seinem Grabe
Trügerisch mit Blumen streut.

Wenn ein Greis dem ew'gen Morden
Achtzig Jahre lang entrann,
Fragt einmal den alten Mann:
Ob er wirklich alt geworden?
Zählt nur, was ihm übrig bleibt,
Wenn ihr seine Rechnung schreibt,
Und dies Wen'ge wohl erwogen,
Ist um eine Nadel feil?
Um des Lebens achten Theil
Hat die Kindheit ihn betrogen,
Und das letzte Achtel ist
Wie das erste ihm verflossen,
Ungenießbar, ungenossen,
Ungefühlet, ungeküßt.
Seines Lebens übersatt,
Kommt der Tod, ihn abzuholen;
Eine ganze Hälfte hat
Schon der Schlaf vorher gestohlen;

In die and're theilen sich
Schmerz und Krankheit brüderlich.
War verweint des Lebens Morgen,
War der Mittag dir zu heiß,
O der Abend, armer Greis,
Brachte statt der Kühlung — Sorgen!

Ist die Farce endlich aus,
Fragt einmal von Haus zu Haus:
War auch Einer nur zufrieden
Mit dem Los, das ihm beschieden?
Wünsche lösen Wünsche ab.
Neue Wünsche, neue Schmerzen;
Und der letzte Wunsch, das Grab,
Geht dem Menschen nicht vom Herzen.

Nicht vom Herzen? trotz der Last,
Die ihn hier zu Boden drücket?
Wenn verfolgt und gehaßt
Ihn kein Freundes-Trost erquicket?
Wenn, verlästert und verkannt,
Thränen nur sein Brot befeuchten?
Blitze seine Nacht erleuchten?
Menschenhaß ihn aus der Welt verbannt?

Sehet, wie sie sich beeifern,
Alles Gute, das geschah,
Zu verkleinern, zu begeifern,
Einem Dritten hie und da

Von der Ehre abzuschneiden;
Schwärmer, Sonderling, Fantast
Heißt der Mann, den sie beneiden;
Grübeln ohne Ruh' und Rast,
Bis sie irgend einen Flecken
An der guten That entdecken:
O dann ist die Freude groß!
Zupfen hämisch sich und sprechen:
»Eines armen Bruders Schwächen
Sind nun wieder nackt und bloß.«
Statt den Irrenden zu bessern,
Rücken sie ihm stets die Schwachheit vor,
Tragen sie von Ohr zu Ohr,
Und verschönern und vergrößern;
Suchen schaalen Witz und Spott
An dem Strauchelnden zu schärfen,
Greifen hastig in den Koth,
Den Gefall'nen zu verwerfen.

Wenn in einem weichen Herzen
Die Verzweiflung gräßlich wühlt;
Wenn ein Armer seine Schmerzen
Inniger und stärker fühlt;
Sprechen sie: »Es ist erlogen!
Dieser Schmerz ist Poesie;
Sind wir doch wie Jener groß gezogen,
Und empfanden so was nie.«

Wenn in stiller Armuth Hütten
Mir das Blut am Herzen stockt;
Wenn die Thräne eines Dritten
Auch die meinige in's Auge lockt;
Wenn ich meine kleine Gabe
Reich an Mitleid dargebracht;
Wenn ich alles, was ich habe,
Theilen möchte unbedacht; —
Gott! du weißt, ob ich empfinde,
Was mein nasses Auge spricht!
Aber Herzen in der Rinde
Sehen es und glauben's nicht;
Machen ihre weisen Glossen,
Schelten es Empfindelei,
Genial'sche Knaben = Possen
Und Romanen = Tändelei.

Wenn die kriegende Chikane
Einen armen Bürger drückt,
Aber unter Pluto's Fahne
Einem Reichen Alles glückt;
Wenn vor rächerischen Blitzen
Sprödes Gold, Geburt und Rang,
Oft das kühne Laster schützen,
Und der Tugend Grabgesang
Mit des Goldes Zauberklang
Ohrzerschneidend sich vermischet;

Wenn ein schwelgerisches Mahl,
Einem Richter aufgetischet,
Seiner Göttin harten Stahl
In ein weiches Wachs verwandelt;
Wenn um eines Fürsten Gruß,
Einer Buhlerin Genuß,
Man Gerechtigkeit verhandelt —
O versucht es nur Einmal,
Knirschet nur, ihr bessern Seelen!
Lachend wird man euch erzählen:
»Ist die Welt ein Ideal?«

    Fort! in meine stille Kammer!
Mich verzehret diese Glut!
Fluch der Welt und ihrem Jammer!
Fluch der ganzen Menschen = Brut!
Heute mordet dich, der gestern
Noch dich brüderlich umfaßt.
Kannst du lügen, kannst du lästern,
Bist du ein willkomm'ner Gast.
Heucheln, schmeicheln, Zungen dreschen,
Oel in's Feuer, statt zu löschen,
Dolche in den Rücken bohren,
Für Verleumdung off'ne Ohren,
Neideszahn an Tugend wetzen,
Brüder gegen Brüder hetzen,
Und dabei den Heil'genschein
Sich erbetet und ersungen —

Kannst du das, so ist es dir gelungen,
Unter Menschen Mensch zu sein. — —

O wer kann mir wieder geben
Meines Daseins ersten Tag!
Als der Keim von meinem Menschenleben
Noch in einer Pflanze lag;
Als ich noch im Gras verborgen,
Ohne Freude, ohne Qual,
Mich bewußtlos jeden Morgen
Oeffnete der Sonne Strahl;
Als dem jungen Frühlings = Rasen
Ich geliehen eine Zier,
Bis ein wiederkäuend Thier
Endlich kam, mich abzugrasen.
So ging ich als Nahrungssaft
Einst in Milch und Blut hinüber;
So entstand die Zeugungskraft,
Die in einem Wollustfieber
Mich auf diese Erde warf —

O daß ich nicht rechten darf! —
Hab' ich deinen Plan gebilligt?
Und zu leben eingewilligt?
Hast du, Schöpfer, mich befragt,
Ob ich um die Hand voll Freuden
Dulden wolle unverzagt
Eine ganze Welt voll Leiden?

O es auch der Mühe werth,
Mich aus Nichts hervorzurufen,
Das auf immer neuen Stufen
Neues Elend mich verzehrt?
Wo die Menschen fühllos spötteln
Bei dem nagendsten Verdruß —
Soll ich nun noch Gnade betteln,
Wo das Recht mir werden muß?

Nein! ich harre ungeduldig!
Denn vergelten mußt du mir!
Bist Unsterblichkeit mir schuldig!
Sieh, ich forb're sie von dir!

Ein paar alte Zeitungs-Nachrichten.

Ich kann mir nicht helfen, ich muß lachen, wenn alte ehrbare Menschen die jämmerlichsten Kleinigkeiten mit einer steifen Amtsmiene behandeln, als hänge Wohl und Wehe einer ganzen Nation daran.

Vor einigen Tagen blätterte ich in einer alten französischen Hofzeitung, und will mir das Vergnügen nicht versagen, einige Artikel auszuheben. Man staunt jene Irrlichter in der Ferne an, sie scheinen uns feurige Männer, und sind — faule Dünste. Es war einmal ein gewisser Stadtphysikus Berger — vielleicht lebt er noch — der behauptete, die Sterne wären noch weit kleiner, als wir sie mit bloßen Augen sehen, weil der Himmel von Glas sei, und die Eigenschaft habe, jene Lichter hoch über uns, in den Augen der armen Erdensöhne zu vergrößern. Hätte er das vom trüglichen Horizont des Hofes behauptet, ich wollte ihm gern beipflichten.

Man lese doch nur, womit die bebänderten Herren sich beschäftigen.

Versailles den 14. August.

Herr Tiepolo, Gesandter der Republik Venedig, hat heute das Glück gehabt, der Madame Victoire die Hand zu küssen, eine Ehre, auf welche er seit dem 22. Juni vergebens geharrt, da Madame Victoire unpäßlich gewesen.

Am nämlichen Tage stellte Don Juan Massones de Lima dem Könige in einer Privataudienz den Grafen Aranda vor. Das Nämliche geschah hernach bei der Königin und der ganzen königlichen Familie. Herr de la Live, Einführer der fremden Gesandten, verwaltete sein Amt dabei. Während der Abendtafel spielten vierundzwanzig Kammermusiker, unter der Direction des Hrn. Rebel, Oberaufseher der Kammermusik.

Am 10. August stellte der spanische Minister dem Könige in einer Privataudienz den Grafen Aranda vor, welcher Abschied nahm. Dasselbe geschah nachher bei der Königin, dem Dauphin, der Dauphine, dem Herzog von Bourgogne, dem Herzog von Berry, dem Grafen von Provence, dem Grafen Artois, Madame Adelaide, Madame Victoire,

Madame Sophie und Madame Louise. Herr de la Live, Einführer der fremden Gesandten, verwaltete sein Amt dabei.

Der Leichnam des Grafen Charolois ist einbalsamirt, und in einem Paradezimmer bei vielen Lichtern aufgestellt worden. Der König hatte den Grafen de la Marche erwählt, um in seinem Namen Weihwasser auf die Leiche zu sprengen. Der Graf kam in einem königlichen Wagen, und verrichtete diese Ceremonie. Hernach fuhr er weg, und kam sogleich in seinem eigenen Wagen wieder, um in seinem eigenen Namen das Nämliche zu thun. Am 30. wurde das Herz des Grafen Charolois mit großem Pomp zu den Jesuiten, und sein Leichnam nach Enghien gebracht.

Am 28. machte die Witwe des Grafen von Brionne dem König und der Königin ihren Reverenz. Der König verstattete ihr die große Entree. Am 13. ward die Herzogin von St. Aignan der königlichen Familie vorgestellt, und nahm bei der Königin ein Tabouret ein.

Se. Majestät haben dem Herzog von Chatillon die Survivance auf die Groß-Falkenier-Stelle von Frankreich zu ertheilen geruht.

Du lieber Gott! Schöpfer des Königs von Frankreich! und auch der meinige! ich lächelte, nachdem ich alles das gelesen hatte. Es war früh Morgens; ich saß auf einem Hügel, die Sonne ging eben auf. »König der Welt,« sprach ich laut, »du, den unter allen Nationen allein der Deutsche, ich weiß nicht warum? als Weib begrüßt; wo ist Herr de

la Live, daß er mich dir vorstelle? Wie? du hast keinen In-
troducteur des Ambassadeurs? — bist du nicht mäch-
tiger als Ludwig? scheinst du nicht über Frankreich und die
Hudsonsbai? über China und Neuwied?"

»Großer Monarch! ich sehe dir dreist in's Antlitz, wenn
mir gleich die Augen etwas weh davon thun. Das Lächeln
an andern Höfen ist kalt, aber das deinige ist warm und
erquickend. Obgleich Millionen Geschöpfe bei deinem Lever
gegenwärtig sind, so siehst du doch einen Jeden an, und
mich armen Wurm eben so freundlich, als den Herrn Tiepolo, und den Herrn Massones de Lima, und den Herzog
von Chatillon, der einst Groß-Falkenier sein wird.«

»Du bist auch im Sommer nie unpäßlich, wie die Madame Victoire, daß man vom 22. Juni bis zum 14.
August warten müßte, um dir eine Reverenz zu machen.
Du gibst nie Privataudienz, ausgenommen deiner Kam-
merfrau, der Venus, die alle Morgen aus deinem Bette
schleicht. Du verstattest einem Jeden die große Entree
der Schnarrwachtel da unten im Roggengras wie der Gräfin von Brionne. Du würdest dich schämen, deinen Gästen
nur ein Tabouret zu bewilligen. Du gibst große schöne
Hügel mit Blumen und Kräutern bewachsen, auf welchen
sich das Hirtenmädchen eben so gut lagern mag, als die Herzogin von St. Aignan. Du würdest dich schämen nicht mehr
als vierundzwanzig Kammermusiker zu besolden. Hundert-
tausend Lerchen singen unter der Direction von tausend
Nachtigallen.«

»Die Welt ist dein großes Paradezimmer; du ziehst Wetterwolken zusammen, wenn du das Weihwasser der Natur auf unsere Leichname sprengen willst. Hinauf zu dir schweben die Gefühle unserer Herzen, unbekümmert, ob ein Jesuit das modernde Organ in goldenen Kapseln verwahrte.«

»Komm, Weidmann!« rief ich froh (denn der Leser muß wissen, daß ich eben im Begriff stand auf die Jagd zu gehen, und daß ich während meines Selbstgesprächs aus der französischen Hofzeitung eine Patrone gemacht hatte), »komm! ich bin hier Großfalkenier, ohne daß irgend ein Monarch auf der Welt mir die Survivance verlieh. Laß uns ein paar Stunden herumschlendern, so wird das Frühstück uns besser schmecken, als den Königen ihr Dejeuneur. Laß ihnen ihre Apartements, wir haben eine freundliche ländliche Stube, wo uns nichts an Höflinge erinnert, als die unverschämten Fliegen, die unsern Zucker fressen.«

Am 1. September 1793.

Ich ging mit Weidmann auf die Jagd,
Rebhühner wollt' ich schießen;
Geschah wohl mehr, um frische Luft
Und abgemähter Wiesen Duft
Ein wenig zu genießen.

Da träufelte ein Regenguß
Herab vom Himmelszelte.
Nun muß ich frank und frei gesteh'n,
Ich mag nicht gern im Regen geh'n,
Weil ich mich leicht erkälte.

D'rum trat ich in ein Bauerhaus,
Das Strohdach ragte über;
  a wartet' ich auf Sonnenschein,
Und putzte meine Flinte rein,
Und deckte Wachstuch d'rüber.

Nun sah ich plötzlich hinter mir
Die off'ne Bauernstube,
Die war, nach esthnisch altem Brauch,
Nicht wenig schwarz, und voller Rauch,
Wie eine Kohlengrube.

Da saßen traulich Mann und Weib,
Und schienen nichts zu missen;
Sie löffelten ihr Mittagsmahl,
Die Bissen waren freilich schmal,
Doch Hunger würzt die Bissen.

Ihr Hunger wurde g'nügsam froh
Durch dünne Milch gestillet,
Ein rabenschwarzer Kessel stand
Den guten Leuten rechter Hand
Mit dicker Grütz gefüllet.

Und an des Weibes Busen hing
Der König aller Knaben,
Der lächelte so kerngesund,
Und sah der Mutter in den Mund,
Und wollte auch was haben.

Zwei kleine Katzen schwenzelten,
Ein Bißlein zu erschnappen.
Kurz, Jeder war auf sich bedacht,
Auf mich allein gab Niemand Acht,
Ich mochte weiter tappen.

Ach Gott! das fiel mir schwer auf's Herz!
Mocht' kaum den Thränen wehren.
Ich bin allein! und schieß ich nun
Ein Rebhuhn oder Haselhuhn,
Wer hilft es mir verzehren?

Komm, Weidmann! sprach ich, komm nach Haus,
Daß ich mich minder gräme.
Du willst nicht? — ja, du hast wohl Recht!
Ach! dort ist Niemand als ein Knecht,
Der mir entgegen käme.

Mir ist zu Muth, ich weiß nicht wie,
Engherzig, bang und trübe.
Wer liebt mich denn! daß Gott erbarm!
Wie ist man doch so bettelarm,
So gar nichts ohne Liebe.

Seit meine Friderike todt,
Muß ich fast täglich weinen.
Die Kinder hab' ich freilich noch,
Allein die Mutter war mir doch
Viel lieber als die Kleinen.

Welche Farbe muß man haben, um liebens= würdig zu sein?

Ich hatte in meiner Jugend einen Schulkameraden, einen guten braven Jungen, der gern den Robinson Crusoe las, und für sein Leben gern auch auf einer wüsten Insel gewohnt hätte. Als er älter wurde, ging er nach England, und ruhte nicht eher, bis irgend ein Schiff ihn mit nach Westindien nahm. Unterwegs hatten sie ein Paar Stürme auszuhalten, aßen faules Fleisch und tranken stinkendes Wasser, so daß mein guter Schulkamerad von allen Robinsonaden auf immer geheilt wurde.

Das Wasser hat keine Balken, pflegte er fortan zu sagen, wie der selige Musäus, der auch sehr furcht= sam vor dem Wasser war. Bleibe auf dem Lande und nähre dich redlich. Dies Sprüchlein befolgte er treulich, ward Aufseher, und endlich sogar Herr einer Plantage, gewann ein kleines Vermögen, und kam zurück in sein Vaterland.

XXII.   5

Er brachte eine junge verwaiste Negerin mit, die er im zwölften Jahre aus Barmherzigkeit zu sich nahm. Im dreizehnten war er ihr recht gut, im vierzehnten fand er sie hübsch, und im fünfzehnten liebte er sie. Im sechzehnten machte er einen Angriff auf ihre Unschuld, und als das liebe schwarze Mädchen ihn durch Bitten und Thränen zurückhielt, so wollte er sie im siebzehnten gar heirathen.

Eines Morgens trat er ganz verstört in mein Zimmer. »Lieber alter Freund," sagte er , »ich bin verliebt, in eine junge Person, die du kennst. Geist, Herz und Gestalt, alles gefällt mir an ihr, nur nicht ihre Farbe, denn sie ist schwarz, und in meiner ganzen Familie ist nicht ein einziges schwarzes Gesicht, ausgenommen meine alte Tante, die sich in ihrer Jugend das Antlitz mit Pulver verbrannt hat. Nun ist meine Geliebte zwar sehr viel hübscher als meine alte Tante, aber ich weiß doch nicht, ob ich sie heirathen soll? — Offenbar sind die Neger nicht Menschen wie wir, denn sonst hätte Gott ihnen unsere Farbe gegeben, und du weißt, daß, wenn man die Verschiedenheit von ganz entgegengesetzten Dingen durch ein Gleichniß ausdrücken will; so spricht man: Das ist verschieden wie schwarz und weiß."

Er raisonnirte noch lange über diesen Punkt, und ging endlich, ohne meine Antwort abzuwarten, um dem Mädchen seine Hand anzubieten.

Ein paar Stunden nachher kam das Mädchen selbst zu mir. „Ach!" sagte sie, »guter Herr, ich bin verliebt,

und ich weiß nicht, ob ich meinen Geliebten heirathen soll
oder nicht?"

»Wie so?" antwortete ich; »ist er alt oder häßlich?
dumm oder boshaft?"

»Nein, er ist weiß. Verzeih mir, wenn ich offenherzig
rede, denn du bist auch weiß. Aber sieh, ich denke, wenn
Gott die Weißen zu wirklichen Menschen hätte schaffen
wollen; so hätte es ihm ja eben nicht mehr Mühe gekostet,
die letzte Hand an sie zu legen, ihnen das Siegel der Vol-
lendung aufzudrücken, mit einem Worte, sie schwarz zu
machen. Denn ohne diese Farbe ist der Mensch doch nur
wie eine aufgespannte Leinewand, die erst den Pinsel des
Malers erwartet, um etwas vorzustellen."

Sie schwatzte noch lange, und machte zuweilen Pausen,
um meine Antwort zu vernehmen. Ich bestellte sie auf
den andern Morgen wieder, um das Ding recht zu über-
legen; aber sie war indessen hingegangen, und hatte meinen
Schulkameraden geheirathet, und das war mir recht lieb,
denn ich wußte nach vierundzwanzigstündiger reiflicher
Ueberlegung noch immer nicht, ob beide Recht, oder beide
Unrecht hatten?

———◆◆◆———

Standrede
am Grabe einer Flebermaus.

Mit der geladenen Flinte auf der Schulter, und der leeren
Jagdtasche an der Seite, kehrte ich in der Dämmerung

unmuthig von der Jagd zurück; denn ich war vier Stunden
lang vergebens herumgelaufen, und ein Jäger, der kein
Wild findet, ist eben so verdrießlich, als ein Recensent,
der kein Brot hat, und so lange von seiner eigenen Galle
leben muß.

Als ich nahe an einem alten Gemäuer vorbei kam,
schwirrte mir eine Flebermaus um den Kopf. Ich ergriff
mein Gewehr, legte an, und — da lag sie. Ich erschrack
selbst, als sie fiel; denn ob es gleich nur eine Flebermaus
war, so hatte das Ding doch Leben, aß, trank und liebte,
that mir nichts, konnte mir auch nichts nutzen; folglich
wurde ich ärgerlich über mich selbst, welches mir wohl
öfter widerfährt, und darin lag in diesem Augenblicke der
Unterschied zwischen mir und einem Recensenten.

Ich wurde aber nicht allein ärgerlich, sondern auch
traurig und nachsinnend. Ich lehnte mich auf meine Flinte,
die todte Flebermaus lag zu meinen Füßen. Höre mir
zu, Weidmann! sprach ich zu meinem Hunde, ich will
dieser Flebermaus eine Standrede halten. Weidmann be-
schnupperte den Leichnam und setzte sich daneben.

»Armes Thier," hub ich an, »was thatest du mir? —
Du wohntest in diesen verfallenen Mauern, singst Fliegen, Schmetterlinge und Insekten, und alles Böse, was
man dir mit Fug und Recht aufbürden könnte, wäre höchstens, daß du einmal etwas Talg oder Speck gestohlen. —
Warum habe ich dich getödtet? Kann ich dich essen?
Nein. Kann ich mit deinen Federn meine Kopfkissen pol-

ſtern? Nein. — Biſt du vielleicht giftig, wie der Ritter Linné behauptet? Nein. Du thuſt Niemanden Schaden, im Gegentheil hat Langbein, der den Stunden ſchnelle Beine zu machen verſteht, uns vor Kurzem eine Geſchichte von einer deiner Schweſtern erzählt, wie ſie einen ehrlichen Mann glücklich gemacht hat. — Habe ich etwa überflüſ= ſiges Haar, um es mit deinem Blute wegzuätzen? oder kann ich dich etwa wieder die Gicht brauchen? — nein, denn die neuern Aerzte, die immer mehr wiſſen als die alten, haben dir dieſe Kräfte abgeſtritten. — Soll ich, wie mein Jäger ſpricht, mich deines Herzens beim Kugelgießen bedienen, um ſicherer zu treffen? — Ach nein! das Blei, welches dein Herz traf, war nicht mit deinem Herzen ver= ſchmolzen.«

»Nun warum habe ich dich denn geſchoſſen? Lebteſt du nicht friedlich in der Einſamkeit? Hatteſt du nicht zwiſchen deinen öden Mauern den Inſtinkt, dein Daſein zu verlängern, mit den Königen in Paläſten gemein? — Armes Thier! ich weiß aus deinem Tode gar keinen andern Nutzen zu ziehen, als die traurige Lehre: daß ſelbſt der anſpruchloſe Einſied= ler, der vor den Stürmen des Schickſals in einen unbe= wohnten Winkel der Welt floh, nicht ſicher iſt, zertreten zu werden, wenn einem Großen und Mächtigen dieſer Erde eben der Kopf nicht recht ſteht.«

Der Tod des Fürsten P*.

P* starb. An dem Tage, an welchem wir diese Nach=
richt in unserer Provinz erfuhren, war gerade eine Ge=
sellschaft zum Essen, Trinken und Spielen zusammenge=
kommen. Vermuthlich wäre das an jedem andern Tage der
nämliche Fall gewesen, denn wir essen, trinken und spielen
hier sehr fleißig.

Ich trat in den Saal. Vier Damen saßen am Karten=
tisch und spielten das beliebte Boston. Ihr Gespräch fesselte
meine Aufmerksamkeit auf fünf Minuten. Ich gebe es
treulich wieder, wie ich es empfangen habe.

Die erste Dame. Boston.

Die zweite. Ich spiele in der Vorhand.

Die dritte. Wissen Sie, daß der Fürst P* todt ist?

Die vierte. Misere.

Die erste. Er soll unter freiem Himmel gestorben
sein.

Die zweite. Indepenbance.

Die dritte. Sein Verlust wird allgemein bedauert.

Die vierte. Ich passe.

Die erste. Seine Nichte hat ihm die Augen zuge=
drückt.

Die zweite. In Pique.

Die dritte. Ich spiele Whist.

Die vierte. Der türkische Kaiser wird froh sein.

Die erste. Der Coeurkönig —

Die zweite. Er hinterläßt viele Millionen.

Die dritte. Ich hatte nur einen Trumpf.

Die vierte. Woran ist er gestorben?

Die erste. Der Bube wird gestochen.

So ging es noch eine Weile fort, bis endlich das Kammermädchen hereinstürzte, und weinend verkündete: der kleine Schooßhund Mimi sei vom Stuhl gefallen, und habe ein Bein gebrochen. Sogleich flogen die Karten unter den Tisch, die Damen sprangen hastig auf, und riefen mit Zetergeschrei: Ach Mimi! Mimi hat ein Bein gebrochen!

Die hartnäckige Wette.

Ein Alter oder Neuer sagt: Wer einmal einen dummen Streich macht, muß ihn durchführen bis an's Ende. Da hat der Alte oder Neue sehr Unrecht, denn ein halber dummer Streich ist doch weniger schädlich als ein ganzer. Ich will euch einen ganzen erzählen, der in P—g vollendet wurde.

Zwei junge Leute standen im Kaffeehause am Fenster, ein Dritter fuhr in einem offenen Wagen vorbei. Es war schönes Wetter, und der Fahrende sah gesund und frisch aus.

»Es ist doch verdrießlich,« sagte Latinsky, »Einer von

denen, die oben am Fenster standen, »daß an diesem
schönen Tage ein junger gesunder Mann nicht lieber zu
Fuß geht.«

»Das kann sein,« versetzte der Andere, »aber Niemand
hat ein Recht sich darüber aufzuhalten. Wenn er nun Lust
hat zu fahren, wer kann es ihm wehren?«

Latinsky. »Wer?« ich. »Du?« — Ja ich! was gilt
die Wette? — »Du scherzest.« — Ein Dutzend
Bouteillen Champagner. — »Wohl, es gilt.«

Mit zwei Sprüngen war Latinsky die Treppe hinab,
vor der Thür, auf der Straße, fiel den Pferden in die
Zügel, trat bescheiden an den Kutschenschlag, und sagte:
»Verzeihen Sie, mein Herr, wenn ich Sie aufhalte, aber
erlauben Sie mir die Bemerkung, daß es höchst auffallend
ist, einen Mann von Ihrem Alter und Ihrer blühenden Gesundheit bei diesem schönen Wetter im Wagen fahren zu
sehen.«

»Erlauben Sie mir die Bemerkung,« antwortete der Andere, »daß es noch weit auffallender ist, diese Bemerkung
von Ihnen zu hören.«

»Das scheint freilich sonderbar, aber —«

»Aber! aber!« rief der Andere hitzig, »hier findet kein
Aber Statt. Fahr zu, Kutscher!«

»Nein, mein Herr, das kann ich unmöglich zugeben.«

»Wie, mein Herr, sind Sie bei Sinnen?«

»Wahrhaftig, so leid mir es auch thut, ich muß Sie
lieber bitten auszusteigen, und einen Gang mit mir zu
wagen.«

Der Fremde glühte vor Zorn, sprang aus dem Wagen, zog den Degen, und verwundete Latinsky gefährlich. »Genug!« rief dieser, »mein Herr, Sie sind zu menschenfreundlich, als daß Sie bei schönem Wetter und guter Gesundheit fahren sollten, indessen ich schwer verwundet zu Fuße gehen müßte.«

Mit diesen Worten sprang er in den Wagen, rief seinem Freunde oben am Fenster zu: Ich habe meine Wette gewonnen! und fuhr nach Hause.

Brief

eines Einsieblers an seinen Freund.

Ich höre, lieber Freund, daß wir uns wechselseitig beklagen; du zuckst die Achseln über mein Landleben im Winter, und ich verdrehe die Augen über dein Stadtleben im Sommer. Ueber den Geschmack läßt sich nicht streiten. Unsere Voreltern hielten die Städte für Gefängnisse; wer wird sich in eine Stadt einsperren? pflegten sie zu sagen. Wer wird sich auf dem Lande einsperren? sagen wir.

Indessen bitte ich dich, so oft du an mich armen Eingesperrten denkst, dir immer einen frohen, gesunden Menschen vorzustellen, der Langeweile hat, und doch nie Kartenspielt. Die Herren Städter kommen mir vor wie die

Schwalben; im Sommer schwirren sie ein wenig auf dem
Lande herum, und im Winter versenken sie sich alle in
einen Morast.

„Aber, mein Gott! im Winter, ohne Gesellschaft —"
Wer sagt dir, daß ich keine Gesellschaft habe? ich
habe deren so viel, daß ich nächstens mein Haus, aus
Mangel des Raums, vor jedem Fremden verschließen
werde. Erstens sind da verschiedene Hunde. — Du lachst?
— Hund und Mensch sind für einander geschaffen — fast
hälte ich gesagt wie Mann und Weib, wenn das Gleichniß
würdig genug wäre. Wer nicht Hunde liebt, ist mein
Freund nicht. Wenn Crebillon, der tragische Dichter, einen
Hund ohne Herrn auf der Straße fand, so nahm er ihn
unter den Mantel, und trug ihn nach Hause, schön oder
häßlich, reinlich oder schmutzig, gleichviel; er ward gastfreund-
schaftlich aufgenommen, genährt und gepflegt. Aber freilich
verlangte der gütige Wirth auch Dank. Gerieth er einmal
an einen Undankbaren, welches unter den Hunden ein höchst
seltener Fall ist, so nahm der Verfasser des Rhadamist ihn
flugs unter den Mantel, trug ihn wieder dahin, wo er ihn
geholt hatte, wandte sein Auge seufzend von ihm ab, und
überließ ihn seinem Schicksal.

Ich habe einen Bedienten und einen Stallknecht, sie
sind beide undankbar; ich habe einen Pudel und einen
Hühnerhund, sie sind beide dankbar. Der Pudel bewacht
mein Haus, und mich selbst; ja, ich habe bemerkt, daß er
Fremde laut anbellt, wenn ich gesund bin, und nur piano

knurrt, wenn ich mich nicht wohl befinde. Er belustigt mich oft durch seine Kapriolen, und sollte ich einst blind werden, so wird er mein Führer sein.

Ich habe einen Papagei, der viel schwatzt. Er und mein Affe sind unter meinen Hausthieren die einzigen, welche mich an die große Welt erinnern, der ich entflohen bin.

Dieser Affe macht mir manchen Spaß, und seitdem ich weiß, daß einst ein Kaiser mit seinen Affen Schach spielte, schäme ich mich gar nicht, das Nämliche zu thun.

Ich habe allerlei Vögeln, die mir ein Konzert singen. Ihr Gesang gilt mir für eine Oper, in welcher ich keine Loge bezahle. Auch ist es ein Gesang ohne schaalen Text von Hrn. Ebert oder Vulpius.

Diese meine werthen Freunde und Gesellen geben mir oft Gelegenheit, meine häuslichen Tugenden glänzen zu lassen: die Geduld, wenn der Papagei zu viel schwatzt, oder das Geschrei der Vögel mir in die Ohren gellt; die Höflichkeit, wenn der Pudel mir im Wege liegt, und ich immer um ihn herum spaziren muß; das kalte Blut, wenn der Affe mir eine Tasse zerbricht; die Langmuth, wenn der Hühnerhund ungehorsam ist; und endlich die Wohlthätigkeit, weil ich sie sämmtlich füttern muß. Auch gewährt meine Eigenliebe mir manchen Genuß, denn ich merke doch wohl, daß ich mehr Verstand habe als alle meine Thiere. Indessen kommt mein Affe mir auch darin so nahe, daß ich dadurch vor stolzem Eigendünkel bewahrt werde.

Rechne nun noch dazu, daß, obgleich die liebe Sonne im Winter sehr demüthig ist, und nie hoch am Horizont heraufsteigt, sie doch täglich in mein Fenster scheint, weil mein Landhaus nicht durch hohe Mauern verbaut ist. O der Anblick der Sonne kann das Herz auf den ganzen Tag erquicken. — Und dann die reine frische Luft. Ich werde ohnmächtig, wenn ich an eure Ballsäle denke, wo der Qualm, wenn man sich die Mühe gibt, ihn mit einem Eudiometer zu messen, eher auf ein Lazareth rathen läßt. Eben so wenig mag ich an eure Schmäuse denken, wo Zwang und Langeweile um den Vorsitz kämpfen, und der Tod, in einen Haushofmeister verkleidet, dreißig Schüsseln auf die Tafel setzt; — wo ich in einem saubern Frack mit gepudertem Haar erscheinen muß; wo mich bald ein Schuh drückt, bald ein Tölpel mir Brühe auf das Kleid gießt; hier ein Nachbar, indem er mit mir schwatzt, meinen Teller begeifert, und dort ein Anderer durch Klatschen und Schlürfen mir Ekel erweckt.

Weißt du noch, wie mir es ging, als ich in den letzten Pfingstfeiertagen nach R — l kam? Schon zwölf Werste von der Stadt, als ich die Thürme von Weitem sah, ward mir so eng zu Muthe, als thürmten sie sich auf meine Brust. Ich fuhr durch das finstere Thor, und in meiner Seele wurde es finster. Ich stieg ab in meiner Wohnung, und fand sie öde und leer. Es war erst fünf Uhr Nachmittags, wie sollte ich den lieben langen Abend zubringen? — Hm! dachte ich, ich will hinausgehen in die Vorstadt zu

meinem Freunde U — und mich mit ihm letzen. Flugs
nahm ich Stock und Hut und ging. Schon in der zweiten
Straße begegnete mir ein besoffener Russe, der ein aller=
liebstes Windspiel unter seinem nervigen linken Arm preßte,
und — weil es seinem Kerker zu entkommen strebte — ihm
mit der rechten Faust alle Augenblicke auf das kleine Köpf=
chen schlug. Vermuthlich hatte er es gestohlen. Ich blieb
stehen und sah ihm mit einer bittern Empfindung nach.
Jetzt taumelte er, stürzte nieder, und fiel mit seiner ganzen
Last auf das arme kleine Ding. Ich hielt es für todt. Aber
als der Kerl sich aufraffte, ergriff es die Gelegenheit, seinem
Tyrannen zu entwischen. Es hinkte schreiend bei mir vorbei
ich sah, daß ihm ein Bein gebrochen war. Lauf, armes
Geschöpf, sprach ich bei mir selbst, und machte eine un=
willkürliche Bewegung, als ob ich ihm helfen wollte, schnel=
ler zu laufen. Ach! es lief nicht weit. Der besoffene Kerl
schrie hinterdrein: Halt! halt auf! ein Paar andere besoffene
Kerls fingen das unglückliche Windspiel und lieferten es
wieder in die Hölle.

Ich seufzte und ging weiter. Als ich vor das Thor
kam, saß ein altes Mütterchen auf dem Glacis und bettelte.
Die Schildwache mochte ihr das Betteln wohl schon ver=
schiedene Male verboten haben, ihre Noth zwang sie ver=
muthlich ungehorsam zu sein. Der Soldat rannte auf sie
zu, und stieß sie mit der geballten Faust in den Rücken,
daß sie vorwärts in den kothigen Fahrweg fiel. Als sie sich
bittend aufraffte, und nach ihrem Henker umwandte, stieß

er sie mit der Flintenkolbe vor die Brust, daß sie abermals niedertaumelte.

»Ach!" dachte ich, »kaum eine halbe Stunde in der Stadt, und schon habe ich zwei grausame Scenen mit ansehen müssen. Nein! Gott ehre mir das Land! Wenn alle Menschen auf dem Lande lebten, es würde nicht halb so viel Böses in der Welt geschehen.»

Wunderseliger Mann, welcher der Stadt entfloh,
Jedes Säuseln des Baums, jedes Geräusch des Bachs,
Jeder blinkende Kiesel
Predigt Tugend und Weisheit ihm!

Hölty.

Sprich, Freund! hat es noch je auf dem Lande einen großen Bösewicht gegeben? und besonders im Frühjahr, wenn man heraustritt an den warmen Strahl der Sonne, und die ganze Natur rings umher lächelt, ist es dann möglich ein Bösewicht zu sein? Das Herz entfaltet sich wie eine Blume. Tugendliebe füllt es, wie Wohlgeruch den Blumenkelch.

Ich bin auf einen paradox scheinenden Einfall gerathen. Sollten nicht alle große Verbrechen, alle Verschwörungen, sich im Winter, und zwar in der Stadt, angesponnen haben? es wäre der Mühe werth, die Geschichte darüber um Rath zu fragen.

Ich ging mit diesem Gedanken nach Hause, und legte mich schlafen, aber das Rasseln der Wagen und das Gekrächz des Nachtwächters ließen mir keine Ruhe; als ich endlich

einschlummerte, träumte ich von dem kleinen Windspiel
und dem alten Mütterchen, von der Faust und der Flintenkolbe. Des Morgens weckte mich das Bimmeln der Glocken
auf dem Kirchthurm, der mir gerade gegenüber stand.
Ich habe in meinem Leben dies eintönige ewig währende,
in Verzweiflung setzende Glocken = Gebimmel nicht leiden
mögen, und ich kann mir auch gar nicht vorstellen, daß
der liebe Gott irgend einiges Vergnügen daran finden
könnte.

Bei mir wenigstens wurde dieser Zweck sehr bald
erreicht. Ich zog aus, ich suchte mir eine andere Wohnung
in einer abgelegenen Straße, wo ich mindestens in meinem
Zimmer allein zu sein hoffte. — Ach! da lernte mein
Nachbar rechter Hand, ein Bäckerknecht, das Waldhorn
blasen, und heulte solche höllische, Trommelfell zerfleischende
Töne hervor, daß alle meine Nerven bebten, und ich einst
in großer Angst zu ihm schickte, und ihn bitten ließ, mir
die Stunden zu melden, in welchen er seine Kunst triebe,
weil ich alsdann immer ausgehen wolle, er ließ mir sagen,
er blase nicht eher, als bis er sich begeistert fühle, und
die Stunde der Begeisterung könne er mir nicht bestimmen.

Vermaledeite Stadt! rief ich, über deren Gassen keine
singende Lerche schwebt, wo nur die Dohlen krächzen würden,
wenn nicht das Waldhornsgeheul auch die verjagte.

Ich gehe aus, ich durchwandere unsere engen reichs=
städtischen Straßen; im Sommer durchnässen mich die
Dachtraufen, wenn es regnet; im Winter begräbt mich

eine herabrollende Schneelavine, wenn es thauet. Ich biege um eine Ecke, ein Wagen kommt mir entgegen, ich muß rasch auf die Seite springen, um mich nicht auf die Deichsel zu spießen. Ich gehe weiter — ein Stallknecht, der aus einem Brunnen Wasser für seine Pferde schöpft, schlägt mich mit der langen Stange, die an der Schöpfkanne be= festigt ist, zu Boden. — Ich raffe mich auf — ich taumele einige Schritte weiter — wieder ein Wagen — ich will ihm ausweichen, ich trete auf die nächste Treppe vor einer Hausthür; gerade da hält der Wagen, der Eigenthümer des Hauses steigt heraus, glaubt, ich wolle ihn besuchen, und frägt, was zu meinen Diensten ist? Ja in der Nacht ist es mir sogar einmal begegnet, daß ich in der nämlichen Verlegenheit für einen Räuber gehalten wurde, der Lust habe einzubrechen.

Diese immerwährende Gefahr, geräbert zu werden, brachte mich auf den Einfall, mich auf der Straße immer ganz dicht hinter einem vor mir herfahrenden Wagen zu halten. Denn, dachte ich, kommt dir nun ein anderer ent= gegen, so darfst du ihm nicht ausweichen, er muß erst deinen Vorgänger überfahren, ehe die Reihe an dich kommt. Aber da hatte ich wieder die Rechnung ohne den Wirth gemacht, denn kaum hatte ich mir ein Fuhrwerk ausgesucht, dem ich treulich nachfolgte, wie die Schafe dem Lockhammel; so wandte dies nämliche Fuhrwerk plötzlich um; sperrte im Umwenden die ganze Straße, und nöthigte mich, durch possirliche Seitensprünge mein Leben zu retten.

Bei solch einem Seitensprunge geschah es einmal, daß ich an einen der sogenannten Garten=Russen stieß, welche verschiedene Gattungen Gemüse auf dem Kopfe herumtragen. Sein Spinat, seine Bohnen, seine Zwiebeln, lagen sämmtlich in einer Brühe von Koth; er fluchte, und ich mußte bezahlen.

»Ach!« sprach ich zu einem Freunde, bei dem ich einge= treten war, um mich von meinem Schrecken zu erholen, »wie anders ist es doch auf dem Lande! wo man in Ruhe seine Straße wandelt, und zu beiden Seiten grüne Saat= felder lächeln. Hier in der Stadt sehe ich nichts Grünes, als die Bohnen und Zwiebeln auf den Köpfen eurer Garten=Russen, und höchstens das dürre Gras auf euren Wällen.«

»Um Verzeihung,« versetzte mein Freund, »du hast den Spleen. Folge mir, ich will dich sogleich widerlegen.« Ich folgte ihm, er führte mich in ein anderes Zimmer ohne Dach und ohne Diele, in welchem einige verknorpelte Obst= bäume standen, und das nannte er einen Garten. Dieser sogenannte Garten stieß an die hohe finstere Stadtmauer, und der Pulverthurm sah hinein, wie der Alp in eine Brautkammer.

»Ist es nicht sehr angenehm,« sagte mein Freund, »hier die frische Luft zu genießen?«

Ich nickte höflich, und sah bescheiden nach dem Pulver= thurm, der mir vorkam wie das Schwert des Damokles. »Ich verstehe dich,« rief er, »aber das hat nichts zu bedeu=

XXII.   6

ten. Zwar geriethen wirklich vor einigen Jahren, durch
Unachtsamkeit der Arbeiter, einige Bomben in Brand, es
gab einen fürchterlichen Spektakel, und ich mußte mit Weib
und Kind schnell flüchten; aber solche Fälle sind selten, und
dagegen gewährt mir der Thurm in den heißen Sommer=
tagen einen kühlenden Schatten."

Ich bekannte furchtsam, daß der Schatten einer Linde
mir lieber sei als der Schatten eines Pulverthurms, und
eilte, um aus diesem Garten in die frische Luft zu kommen.
Aber wo war frische Luft? — Zum Thore hinaus? — Ich
ging, da kam ich an eine Zugbrücke, an welcher die Ketten
rasselten, und solch Kettengerassel kann mich auf den gan=
zen Tag verstimmen. Jenseits durchschnitt ich den Trödel=
markt, wo alte Kleidungsstücke und faule Fische mich an=
lächelten, und ihre ekelhafte Ausdünstung mit dem Geruch
von ganzen Tonnen voll Wagenschmier vermischten. Hier
wollte mir ein besoffener Matrose zerrissene Stiefeln ver=
kaufen, und dort bot mir ein altes Weib schmierige Pirog=
gen an. Ich floh nach Hause und ergötzte mich an dem
Waldhorn meines Nachbars.

Hast du genug, lieber Freund? oder soll ich dir noch
Etwas von euren Klubbs erzählen, die ihr mit dem schö=
nen Namen Einigkeit stempelt, obgleich täglich die un=
geschliffensten Zänkereien dort vorfallen? — Nein, glaube
mir, nie hat Voltaire schöner und wahrer gedichtet; als da
er sang:

Dieu fit la douce illusion
Pour les heureux fous du bel age,
Pour les vieux fous l'ambition,
Et la retraite pour le sage.

Du wirſt mich fragen, ob ich ſo eitel bin, mich wegen meiner Liebe zum Landleben für weiſe, oder doch für weiſer, zu halten? — und ich antworte dir Ja.

Der Garkoch und der Bettler.

Der Bettler Matz ging um die Mittagsſtunde,
Ein Stückchen Brot in ſeiner Hand,
Den Garkoch Lux vorbei, der in der Küche ſtand,
Und ein geſpicktes Reh am Spieße langſam wand.
Freund Matz, der, in Geſellſchaft vieler Hunde,
Den Wohlgeruch ſehr appetitlich fand,
Und dem das Waſſer aus dem Munde
In hellen Tropfen lief, trat ohne Scheu hinein,
Und ſog den Dampf von Braten und von Suppen,
Hier aufgetiſcht in wolluſtvollen Gruppen,
Mit vollen gier'gen Zügen ein.
Das harte Brot wird leichter ihm zu kauen,
Wenn es mit Bratendampf ſich miſcht,
Und dünkt ihn beſſer zu verdauen.

Geſättiget, erquickt, erfriſcht,
Will er nunmehr von dannen geh'n.

6 *

»Holla!« ruft Meister Lux, »dir wird der Beutel jucken.
So ist es nicht gemeint! du willst hier gratis steh'n,
Den Dampf, die Quintessenz des Bratens einzuschlucken?
Bezahl! bezahl!« — »Warum nicht gar?
Wer Teufel wird den Dampf bezahlen,
Der ohne mich ja doch verloren war?« —
»Kann sein, allein mit solchen kahlen
Wortklaubereien kömmst du hier nicht ab.
Nicht wahr, der Dampf erquickte dich von Herzen?
Wer war es, der den Dampf dir gab?
Mein Braten war's! d'rum Geld!« — »Mein lieber Herr,
Sie scherzen« —
» — Beim Teufel! nein!« — »Nun das ist sonderbar!«
»Mag sein, nur Geld!« — »Mein Herr, ich bin kein Narr!
Und kurz und gut! ich zahle keinen Heller.«

Der Streit wird warm, das Volk umringt den Platz.
Schon droht Herr Lux im Zorn dem Kopf des armen Matz
Mit Messer, Gabel, Löffel, Teller;
Als Jürg' erscheint, ein kleiner lust'ger Schneider,
Spaßmacher in dem Viertel dieser Stadt,
Der in der Schöpfung neuer Kleider
Und Rechtsgelehrsamkeit sich Ruhm erworben hat,
»Der!« ruft der Koch, »der hier sei unser Richter!«
»Ich bin's zufrieden,« seufzt der arme Mann.

Freund Jürge schneidet Amtsgesichter,
Und hört sogleich die Parten an.
D'rauf spricht er: Matz, du mußt bezahlen.

„Gib mir dein Geld.” — Matz zahlt mit trübem Blick.
Der strenge Richter läßt zu dreienmalen
Den Silbergroschen auf die Erde fallen,
Und gibt ihn d'rauf an Matz zurück.

    Die Frau Gerechtigkeit soll'leben!
So ruft er, »Nachbar Lux, ich richte nach Gebühr.
Du hast ihm deinen D a m p f gegeben,
Er gab dir seinen K l a n g dafür.”

W e i b e r z w i st.

Man hat viel gegen den Zweikampf geschrieben, man
hat sogar Gesetze dagegen gegeben; das Erste hat wenig, und das Andere nichts geholfen; denn über M e i-
n u n g e n der Menschen, wären sie auch noch so albern,
muß man keine Gesetze geben; nur Thaten lassen sich verbieten. Andere haben den Zweikampf vertheidigt, vorzüg-
lich aus dem Grunde, weil ohne dieses Mittel ein bescheidener, aber körperlich schwacher Mann zu oft in Gefahr
stehe, von einem starken Flegel gemißhandelt zu werden,
da hingegen der starke Flegel sich wohl hüte, seine Fäuste
zu gebrauchen, wenn er wisse, daß er einer Degenspitze oder
einem Pistolenlauf Rede stehen müsse.

    »Aber der Zweikampf ist ein alberner sinnloser Ge-
brauch; es ist lächerlich, die Ehre des Beleidigten gerettet

glauben, weil er noch obendrein einen Stich in den Unter=
leib, oder eine Kugel in's Gehirn erhalten hat."

Sehr wahr, aber es ist nun einmal so, und die Ver=
nunft schreit sich vergebens heiser. Der große Haufe begehrt
sinnliche Gegenstände; er kann sich die beleidigte Ehre
eben so wenig ohne Degen und Pistolen denken, als Gott
den Vater ohne einen weißen Bart und die Weltkugel in
der Hand. Wenn die Römer einen Gefesselten für unschul=
dig erkannten, so begnügten sie sich nicht damit, ihm die
Fesseln abzunehmen, sondern sie wurden öffentlich z e r =
h a u e n. Wenn ein Profos ehrlich gemacht wird, so
schwenkt man die Fahne über ihm. Wenn das
vormalige Parlament zu Paris die Unschuld eines ver=
meinten Verbrechers anerkannte, so ließ es ihn nicht durch
die gewöhnliche Thür, sondern durch die sogenannte bello
porte oder porte d'honneur zurückführen. Nur der Aus=
spruch des überzeugten Richters gibt dem Unschuldigen
seine Ehre wieder; aber der Pöbel denkt an das Z e r =
h a u e n, an die F a h n e und an die porte d'honneur.

Weiber=Zweikämpfe sind selten, und daher Weiberrache
schrecklicher als Männerrache. Zänkereien zwischen Wei=
bern werden stadtkundig, man lacht, man spöttelt darüber;
und eben diese Stadtkunde, dieses Lachen und Spötteln,
trieben das beleidigte Weib zu einer Erbitterung, die jedes
Gefühl von Recht und Menschlichkeit verschlingt. Dürfte
die schöne Hand eine Pistole ergreifen; dürfte der schöne
Busen sich einer Degenspitze Preis geben; die Weiberrache
würde nicht zum Sprichwort unter uns geworden sein.

Wer sollte zum Beispiel glauben, daß eine Schale Wasser und ein Paar verweigerte Handschuhe den Utrechter Frieden bewirkt haben? Die vereinten Kräfte von Europa hatten die französische Monarchie erschüttert, ein Weiberzwist gab ihr den alten Glanz wieder.

Die Königin Anna von England liebte die Herzogin von Marlborough. Diese überhob sich endlich der Gunst ihrer Gebieterin, wurde stolz, eigensinnig, viel begehrend, tirannisch in der Freundschaft, und trieb es so weit, daß die Königin ermüdete, der Herzogin ihr Vertrauen entzog, und es einer liebenswürdigen Dame ihres Hofes, der Lady Masham, zuwandte. Die Herzogin war außer sich, und dürstete nach Rache.

Man glaubt gewöhnlich, es sei schwer, sich an einer Königin zu rächen, aber nichts weniger. Die Königin Anna war ein Weib, folglich konnte sie durch Kleinigkeiten beleidigt werden. Lady Masham trug eines Tages ein schönes neues Kleid, die Herzogin schüttete, als von ungefähr, eine Schale Wasser darauf, und würdigte sie nicht einmal einer kahlen Entschuldigung. Die beleidigte Dame glühte, denn man hatte ihr an das Herz gegriffen, man hatte ihr ein neues Kleid verdorben. Die Königin theilte den Schmerz ihrer Günstlingin, aber noch wagte sie nicht ihren Haß ausbrechen zu lassen, denn der Gemahl der Herzogin war ein Held, der von Siegen zu Siegen flog, ihren Thron auf Felsen gründete, und ihre Scheitel mit Lorbeeren umwand. Aber eine zweite eben so nichtswürdige Begebenheit ver-

anlaßte bald, daß der Racheburſt die Ruhmbegier ver=
ſchlang.

Die Herzogin erſchien bei Hofe mit ein Paar neuen
geſchmackvollen Handſchuhen. Die Königin konnte ſich
nicht enthalten, ſie ſchön zu finden, und auf eine Art zu lo=
ben, welche errathen ließ, daß ſie Eigenthümerin derſelben
zu werden wünſche. Ein ſolcher Wunſch aus dem Munde
einer Königin iſt ein Befehl; die Herzogin verſtand ihn
recht gut, aber ſie ihn wollte nicht verſtehen. Sie war viel=
mehr ſo hämiſch, die Handſchuhe dem ganzen Hofe gefliſ=
ſentlich zu zeigen, ſie ringsherum bewundern zu laſſen, und
ſie nicht einmal bei der Tafel auszuziehen. Von dieſem
Augenblicke an war ihr Untergang beſchloſſen, er koſte was
er wolle. Anna gab Ludwig dem Vierzehnten zu verſtehen,
daß ſie geneigt zum Frieden ſei; ſie verließ die Partei des
Hauſes Oeſterreich, rief den Herzog von Marlborough zu=
rück, und entſetzte ihn aller ſeiner Würden.

Vergebens kam Prinz Eugen ſelbſt nach England, ver=
gebens ſuchte er den biedern Helden zu retten; Marlbo=
rough, der Sieger bei Hochſtett und Malplaquet, fiel durch
die Handſchuhe ſeines Weibes.

Wiſchiwaſchi.

(Dieſes Spiel einer ausſchweifenden Einbildungskraft
iſt, ſo viel ich weiß, urſprünglich franzöſiſch. Man nannte

es Amphigouri, ein Wort, das ich nicht beſſer als durch
Wiſchiwaſchi überſetzen kann. Man muß es mit einer
ſehr geläufigen Zunge leſen, um den Zweck zu erreichen,
daß der Zuhörer betäubt wird, und nicht recht weiß, ob
das, was er hört, Spaß oder Ernſt iſt?)

— — Ich trat herein, man bemerkte mich nicht. Die
Geſellſchaft hatte einen Kreis geſchloſſen um einen jungen
Menſchen, der eben von Reiſen zurückkam. Er war aus
Erfurt gebürtig, hatte Mühlhauſen geſehen, und war end-
lich ſogar bis Heiligenſtadt vorgedrungen. Man hörte ſeine
Abenteuer mit offenem Munde und ehrerbietigem Schwei-
gen, welches nur zuweilen durch ein Iſt's möglich! unter-
brochen wurde. Er erzählte eben, er habe in Mühlhauſen
junge Hühner gegeſſen, die ſo groß geweſen, als kalekutiſche
Hähne.

»Um Vergebung, mein Herr,« ſagte ich mit der größten Ernſthaftigkeit, »die kalekutiſchen Hähne blühten damals noch gar nicht.«

Der junge Herr ſah mich an, ſperrte das Maul auf,
und verſuchte zu lachen. Ich aber ließ mich nicht irre machen, ſondern fuhr fort mit einem Geſicht, welches ich der
Büſte des Cato abgeliehen:

»Da Sie doch in Mühlhauſen geweſen ſind, ſo haben
Sie vermuthlich auch die Merkwürdigkeiten des Orts be-
ſehen? unter andern ein kleines Riechfläſchchen, welches
acht Maß enthält, und väterlicher Seits mit den Weinkü-

gen der Hochzeit zu Kanaan verwandt ist. Man verwahrt
darinnen das Bauchgrimmen des heil. Johannes, als er
das Büchlein in der Offenbarung verschlang. Rings um=
her ist die Legende des heiligen Ignatius von Loyola, in
Marmor von rothem Kupfer gegraben, welches auf vier
krummen Säulen ruht, und nach der Melodie gesungen
wird: ça ira! ça ira! Sobald man aber näher tritt und
es anrühren will, so entdeckt man in einer weiten Entfer=
nung die asiatischen Alpen, und man muß dreimal nießen,
man mag wollen oder nicht. Wenn nun die Umstehenden
gesagt haben: Gott helf! so wird aus einer kleinen
Büchse, welche an beiden Spitzen oval, und an den vier
Ecken rund ist, so daß sie in Jahr und Tag einer Kaffee=
mühle ähnlich wird; aus dieser Büchse, sage ich, wird ein
lederner Schleifstein, etwas kleiner als ein Kriegsschiff, ge=
zogen, auf dem man ein Chodowieckysches Kupfer erblickt,
welches die drei Männer im feurigen Ofen selbst gestochen
haben sollen. Dieses Gemälde steht an der Kirchenthür,
um gleichsam anzudeuten, daß hier völliger Ablaß aller
Sünden ohne Barmherzigkeit ertheilt wird.«

»Ei warum denn aber?« fragte eine junge Raths=
herrn=Witwe.

»Weil,« versetzte ich ganz ernsthaft, »man in Mühl=
hausen eben so gut, wie hier, Spinat von türkischem Saf=
fian speist.«

»Bah! bah!« sagte die junge Witwe, und lächelte
pfiffig dazu; »ich glaube Ihnen nicht ein Wort.«

»Was würden Sie erst sagen, Madame,« fuhr ich fort, »wenn Sie das berühmte Observatorium in den Dardanel= len gesehen hätten, welches rings herum vermauert ist, und wo man zum Beispiel einen Weißfisch in Felsen gehauen antrifft, der Manschetten von Agat trägt, in Baumwolle gewickelt, die ein berühmter griechischer Dichter geschrieben hat, und überdies reich verziert mit Jaspis von Bronze auf Leinwand gemalt, so daß man darauf schwören sollte, es sei ein Ehrenpelz, den Voltaire in seiner Jugend getragen, weil die Augen dieses Thieres gerade aussehen, wie ein Paar erfrorne Nußknacker.«

»Aber noch weit bewundernswürdiger ist ein Schrank von Jungfernwachs mit Ziegelsteinen ausgelegt, den man mit einer Stecknadel von hölzernem Zwirn öffnet. Drei Cherubs aus Pastetenteig treten hervor, und halten ein Ge= mälde, welches die Blattern sehr stark gehabt hat. Man sieht darauf das Schwein des heil. Antonius in der Nacht= mütze und Unterrock, wie es eben die letzte Pfeife ausklopft. Die Einfassung stellt ein gepflastertes Kornfeld vor, mit chinesischen Maikäfern besäet, die auf zahmen Aepfelbäu= men gesicht werden, deren Stamm aus Siegellack besteht, von der nämlichen Gattung, welches die Schweizer einen Katechismus nennen. Das ist eigentlich nur ein Gedanke, der aus dem Hebräischen übersetzt ist, weil das Volk da= mals den Schnupftaback so sehr liebte, daß man dreimal des Tages die Haare aufwickeln mußte, um die Gewitter= wolken zu zerstreuen.

»Der Eine von den oberwähnten Cherubs hat über dem Knie eine Art von Gelenke von Perlmutter, zu vier Thaler die Elle, in Kalbsleder gebunden, welches einen solchen Glanz von sich wirft, daß davon sogleich eine Donnerstimme erschallt, welche alle Arien aus der Cosa rara zu Pulver brennt. Jeder, der an diesem Pulver riecht, bekommt den schwarzen Staar, und muß übermorgen wiederkommen, ohne einmal sagen zu dürfen: ich bedanke mich.«

Mit diesen Worten ging ich meiner Wege und ließ die ganze Gesellschaft in dem größten Erstaunen zurück.

Die Geschichte, eine Sklavin der Religion.

Es war einmal in Abbera, oder in Katzgrund, oder wo man sonst will, ein großer Verbrecher, der verdient hätte gehangen zu werden, wenn er nicht der Stärkere gewesen wäre. Man begnadigte ihn also, und trug ihm sogar auf, die Annalen von Katzgrund für die Nachwelt zu schreiben; denn unglücklicher Weise war er der Einzige, der lesen und schreiben konnte. Er hatte sich vormals einige Mordbrennereien, Vergiftungen, und dergleichen Kleinigkeiten zu Schulden kommen lassen, weßhalb ihn der derzeitige Burgemeister oder Stuhlherr aus dem Hause gejagt hatte. Natürlich rächte sich nun der Historiograph von Katzgrund dafür, und schilderte in seinen Annalen alle Stuhlherren, Stuhlverwandte und Stuhlgenossen, die ihn wegen jenen Lumpereien an den Galgen hatten bringen wollen, mit den schwärzesten Farben. Zwar sprachen Witwen und Waisen, Hospitäler und Schulanstalten zu Gunsten der Verleumdeten; aber die Annalen waren schwarz auf weiß, die Katzgrunder nannten sie ihre pragmatische Geschichte, und die Kinder lernten schon in der Schule den Namen des guten Stuhlherrn fluchen, der einst dafür gesorgt hatte, daß sie in der Schule waren. Duftenden Weihrauch hingegen streute der Annalist seinen Spießgesellen, die ihm redlich hatten morden und plündern helfen. — O daß dieser bittere Scherz nur eine Fabel wäre! Ach! es gab eine Zeit, wo wir Alle Katzgrunder waren! —

Wer war der anspruchlose Held, der es an Mäßigkeit dem Geringsten seiner Soldaten zuvorthat — dessen Lager aus einem Teppich und einer Haut bestand — dessen nächtliche Stunden zwischen Arbeit und Ruhe getheilt waren — der mit dreizehntausend Mann bei Straßburg fünfunddreißigtausend Allemanen schlug — der dem überwundenen Feind mild begegnete — der die Kaiserwürde zweimal ausschlug, um kein Verräther seines Herrn zu werden — der mit philosophischer Gelassenheit die Beleidigungen des Florentius anhörte — der dem besiegten König der Chamaver, als er den vermeinten Tod seines Sohnes beweinte, plötzlich diesen Sohn in die Arme lieferte, und für die Vaterfreude eine Thräne hatte — der seinen Feind

Nebridius mit seinem eigenen Feldherrn-Rocke bedeckte, um ihn der Wuth der Soldaten zu entziehen, und selbst den Verschnittenen begnadigte, der ihm nach dem Leben gestanden hatte — der die Angeber seiner ehemaligen Verfolger zornig von sich wies, und den Verräther Theodotus mit den Worten verzieh: »Geh! ich will meine Feinde verringern, und meine Freunde vermehren" — der sein Weib zärtlich liebte — und der endlich mit dem frohen Bekenntniß auf den Lippen starb: Gott! ich bin mir keines großen Verbrechens bewußt! —

Es war der nämliche Fürst, der unter dem verhaßten Namen des Abtrünnigen auf die Nachwelt gekommen — der nämliche Fürst, dessen Andenken den Christen ein Gräuel ist, auf dessen Rechnung man die albernsten Mährchen geschmiedet; den Gregorius von Nazianz und hundert andere mit der bittersten Heftigkeit beschimpften — mit einem Worte: Julian!

Richte, Nachwelt.

Diesem guten, biedern Julian warf man unter andern vor, er vernachläßige das Ansehen der kaiserlichen Krone. Als zum Beispiel sein Freund Maximus, nach dessen Umarmung er sich so lange gesehnt hatte, endlich seinen Wunsch erfüllte, und zu Konstantinopel anlangte, da hielt Julian gerade eine Rede im Senat. Kaum aber erfuhr er die Ankunft seines Freundes, als er plötzlich abbrach, aufsprang, ihm entgegen lief, ihn umhalste, in die Versammlung führte, und neben sich sitzen ließ.

Briefe zweier Liebenden,
Peter Lachs, eines Fischers,
und
Dorothea Seifenschaum, einer Wäscherin.

Peter an Dortchen.

Mamsell Jungfer!

Wenn man sein Herz nicht mehr hat, so ist das ein Zeichen, daß eine andere Person es hat, und wenn Sie's nicht übel nehmen will, so muß ich Ihr sagen, daß Sie diejenige Person ist, denn ich habe das Glück und das Zutrauen gehabt, Sie in der Schenke auf dem Tanzboden zu sehen, und was noch schlimmer ist, ich habe drei Menuetten mit Ihr getanzt, und hernach einen Deutschen, wofür ich die Musikanten bezahlt habe, welches mich gar nicht gereut, denn Sie ist weit mehr werth als das. Aber was ich eigentlich sagen wollte, ich heiße Peter Lachs, und damit Sie mich nicht verwechselt, ich bin der große Junge mit dem langen Haarzopf und dem spanischen Rohr, und habe auch einen gelben Rock von der Farbe wie meine neuen Hosen, und weiße Zwirnstrümpfe. Auf den Sonntag will ich meine Mutter mitbringen, sei Sie hübsch freundlich, und ich verbleibe mit dem gehörigen Respekt

Mamsell Jungfer
Ihr allzeit fertiger Diener,
Peter Lachs, Fischer,
wohnhaft oben an der Ecke,
gleich neben dem großen Misthaufen.

(Dieſer Brief zukomme der Ehr= und Tugendbelobten
Mamſell Jungfer Dorothea Seifenſchaum, weltbe=
rühmten Wäſcherin, dem Brunnen gegenüber, unten
an der Pferdeſchwemme.)

Dortchen an Peter.

Musje!

Ich habe Seinen Brief wohl erhalten, und daraus er=
ſehen, daß Er an mich geſchrieben hat. Ich kann mich gar nicht
beſinnen, daß wir zuſammen getanzt haben, und was die
Wahrheit betrifft, daß ich Sein Herz haben ſoll, ſo iſt das
wohl nur gelogen, denn was man nicht empfängt, das
hat man nicht, und ein ehrliches Mädchen nimmt ſich
wohl in Acht, dergleichen Dinge anzunehmen, und folglich
habe ich Sein Herz auch nicht. Die jungen Burſche ſind
heutzutage leichtſinnig, und reden viel, aber wenn's zum
Treffen kommt, ſo wollen ſie nur löffeln, und alſo ſei Er
ſo gut, und verbrenne Er meinen Brief, und auch das,
was darin ſteht, damit ich bis auf den nächſten Sonntag
verbleibe

Seine gehorſame Dienerin
Dorothea Seifenſchaum.

Peter an Dortchen.

Mamſell Jungfer!

Ihre Zweifelei und Ihre Argwohnſchaft iſt, Gott ſtraf
mich! ſehr anſtößig für ein ehrlich Blut, wie ich bin, was
maßen ich nobel denken thue, und wenn ich Sie nicht ſo

zu fagen lieb hätte, fo hätte Sie kein Sterbenswörtchen da= von erfahren follen. Geh Sie, geh Sie, Mamfell Jungfer, ob ich gleich nur ein armer Teufel bin, fo meine ich es doch eben fo ehrlich als der große Mogul, und da Ihr Briefchen fo nieblich ift, daß man es vom erften Buchftaben bis zum letzten auffreffen möchte, fo fehe ich wohl, daß Sie gewal= tig viel Grütze im Kopfe hat, und zum Beweife fchicke ich hier ein Paar Aale und drei Hechte, die ich heute in der Frühftunde felbft gefifcht, und ich wollte, fie wären von purem Silber, wie die großen Leuchter in der Sanct Ger= truden=Kirche, das würde noch viel beffer in's Auge fallen, und folglich wäre Sie Ihrer Sache gewiß, daß ich kein Schmarotzer bin, der nur löffeln will, fondern vielmehr meiner hochzuverehrenden Mamfell Jungfer

demüthiger Diener
Peter Lachs.

N. S. Sie braucht dem Jungen, der die Aale bringt, kein Trinkgeld zu geben, denn ich habe es ihm verboten.

Dortchen an Peter.

Mußje!

Bleib Er mir mit Seinen Präfentationen vom Halfe. Ich habe dem Jungen auf gut Deutfch gefagt, Er foll fich zum Henker fcheren, oder auf den Fifchmarkt, da kann Er feine Aale und feine Hechte verkaufen, fo viel Er Luft hat. Seht doch, was denkt Er denn, Mußje? daß ich fo hungrig nach Gefchenken bin? und ich werde alle Tage fatt, wenn's

XXII.   7

90

auch nicht Aal ist, so haben wir doch Bohnen mit Schwei-
nefleisch, und gestern aßen wir einen Mehlbrei, auf dem
die Butter stand wie ein Teich. Wenn ich Lust habe Jemand lieb zu haben, so thu ich's umsonst, denn ich weiß
schon wie es geht, da war der kurze dicke Eseltreiber Mi-
chel Stinz, der hat meiner Schwester Ursel allerlei Kram
geschenkt, und sie ist eine Närrin gewesen, und hat es angenommen, und hat ihn erschrecklich lieb gehabt, wie es sich
gehört und gebührt, aber der Hund hat sie sitzen lassen,
daß es ihr hernach blutsauer geworden ist, sich zu verheirathen. Wenn ich es eben so machte, so wäre ich wohl eine
Närrin.

Seine gehorsame Dienerin
Dorothea Seifenschaum.

Peter an Dortchen.

Gott bewahre, Mamsell Jungfer, Sie hat mich so er-
schreckt, daß ich den Schnupfen davon gekriegt habe. Ich
bin ein Tölpel, aus Ursachen, weil ich nicht zu leben weiß,
und es soll nicht wieder geschehen, denn ich wollte lieber,
daß die verfluchten Fische mir im Leibe säßen, weil Sie mir
den Streich spielen will, und will mich laufen lassen. Thu
Sie das ja nicht, Mamsell Jungfer, ich muß sonst sterben,
ehe ich's mich versehe, und verbleibe sterbend und todt

Ihr halbtodter Liebhaber
Peter Lachs.

Peter an Dortchen.

Mamsell Jungfer!

Nun sind es schon zwei Tage und ein paar Stunden drüber, daß ich nicht schlafen kann, weil die Betrübniß mich traurig macht, um des Elends willen, daß Sie mir gar nicht mehr antwortet. Gott straf mich! das ist recht kläglich und so zu sagen ein Jammerbild. Ich hungere wie ein Wolf, aber ich getraue mich nicht zu essen. Meine Mutter spricht, ich wäre nicht wohl gescheut, alle Men=schen lachen, und ich heule wie Sanct Petrus. Sonnen=schein kommt mir vor wie Regen, weil alles verkehrt aus=sieht, wegen der Mamsell Jungfer, die eine hartnäckige Boshaftigkeit insinuirt hat, und hör Sie, wenn es nicht bald anders wird, so verkaufe ich alles, was ich habe, und trage es zu einem Pfaffen, der soll den lieben Gott vor Ihre arme Seele bitten, ich aber stürze mich so zu sagen in den Teich mit dem Kopfe voran, hinunter zu den Fischen, die Schuld an meinem Unglücke sind, da mögen sie vor ihre Mühe mich so lange fressen, bis ich gar nicht mehr bin Mamsell Jungfer

Ihr bereitwilliger Diener
Peter Lachs.

Dortchen an Peter.

Musje!

Er denkt wohl gar mein Herz wäre so hart wie ein Bügeleisen? Sei Er nicht bang von wegen dem Sterben,

7 *

92

das will ich gar nicht haben, denn wenn Er einmal todt ist,
so bekümmere ich mich nicht so viel mehr um Ihn. Bleib' Er
hübsch leben, und sei Er lebendig, denn was das betrifft, daß
ich Ihm nicht geantwortet habe, aus Ursachen, weil mein
Bruder Niklas sich den Finger verbrannt, und alle unsere
Tinte darauf geschmiert hat. Das hindert aber nicht, daß
Er mir keine Präsentation mehr schicken soll, weil ein ehr=
liches Mädchen, das von der Tugend lebt, allerlei Unschuld
in seinem Herzen hat, wodurch ein gutes Gewissen auf
fromme Gedanken geräth, und gleichfalls ist meine Mutter
eine ehrbare Frau, wie die ganze Welt weiß. Auf den
Sonntag gehn wir wieder zusammen in die Schenke.
Wenn Er auch hinkommt, so bring Er seine Mutter mit,
und thue Er ein bischen mehr Puder in seine Haare als das
vorige Mal.

Seine Dienerin
Dorothea Seifenschaum.

Peter an Dortchen.

Ach liebe Mamsell Jungfer! wenn es doch alle Tage
Sonntag wäre wie gestern, von wegen daß wir uns sehen
können so viel als genug ist. Sapperlott! als ich den warmen
Krautsalat mit Ihr aß, das däuchte mir lauter Sellerie, so
hatten Ihre Augen den Salat gepfeffert. Ich habe auch
mit Ihrer Mutter getanzt, aber ich tanze doch lieber mit
Ihr, denn Sie tanzt doch zehnmal besser, nur daß man es
der Mutter nicht sagen darf, weil sie doch ziemlich nahe

93

mit der Tochter verwandt ist, aber gewiß und wahrhaftig! meine Herzallerliebste hat eine erschreckliche Manierlichkeit im Tanzen, und die Fiedelbogen können Ihr kaum folgen. Und hernach singt Sie auch besser als eine Lerche im Frühjahre, kurz, je mehr ich Sie angaffe, finde ich, daß Sie ein rechtes Wunderthier ist. Potztausend! wie ich Ihr mit Erlaubniß der ganzen Gesellschaft ein Mäulchen gab, da wurde mir so kurios zu Muthe, so kitzlich wohlig, daß, seit die Welt auf der Welt steht, noch keine lebendige Seele dergleichen empfunden hat. Glaube Sie mir, Mamsell Jungfer, Sie wird immer und ewig in den Gedanken meines Gedächtnisses sein, das habe ich Ihr gestern gesagt, und werde es Ihr alle Tage sagen, bis ich sterbe und gar nichts mehr sagen kann. Lebe Sie wohl

Ihr Getreuer bis in den Tod
Peter Lachs.

Dortchen an Peter.

Musje!

Er schreibt mir immer, daß Er mich lieb hat, und sagt mir's auch unter die Nase. Ich wollte wohl wissen, bei welcher Gelegenheit Er mir das sagt? und ob Er nicht blos in den Wind plappert wie viele andere, denn seh Er nur, es gibt eine Menge schmucke Bursche, die haben alle Taschen voll Liebe, und theilen an alle Mädchen davon aus, recht wie die Schmetterlinge, Gott verzeih mir die Sünde, die auch immer herumfliegen, und von allen

Blumen schmarotzen. Wenn Er nicht so ist, so will ich Gott
dafür danken, weil ich daraus sehe, daß Er Respekt vor
meine Hochachtung hat von wegen der Unschuld, welche
die Tugend mit der Ehrfurcht respektirt. Inskünftige werde
ich Ihm nicht mehr schreiben, denn das frißt meine Zeit,
und die Arbeit geht nicht flink von der Hand, aber glaube
Er nur, daß Sein artiges steifes Wesen sich immer tiefer
und tiefer bei mir einnistelt, wasmaßen ich bin und verbleibe

Seine ergebene Dienerin
Dorothea Seifenschaum.

Peter an Dortchen.

Mamsell Jungfer!

Thue Sie nur alle Ihre Zweifeleien und Argwohnschaf-
ten in einen Sack, und werfe Sie den Sack in's Wasser.
Ich bin nicht so wie andere, nein gar nicht; und wenn
ich sage, daß ich Sie lieb habe, so sage ich die helle klare
Wahrheit, denn vors Erste ist Sie wunderschön, und wenn
das Leben von meinen Tagen noch viermal länger wäre,
so wollte ich die vier Enden zusammenknüpfen, um Sie
desto länger lieb zu haben, und hernach, wenn ich doch
endlich sterben muß, so will ich's mit der Liebe doch immer
so halten wie bei meinen Lebzeiten. Laß Sie nur einmal
andere Mädchen kommen, Sapperlot, wie will ich Sie ab-
führen, und wenn sie gleich sprächen: »Guten Tag,
Musje Peter, wie gehts?« über die Achsel wollte ich sie

ansehen, und sprechen: »Laßt mich in Ruh! wer Merse=
burger Bier trinken kann, der nimmt kein Wasser in den
Mund.« Also was das betrifft, Jungfer Dortchen, so
schlafe Sie ganz ruhig und morgen Nachmittag geliebt es
Gott, werde ich so frei sein bei Ihr einzusprechen, und es
Ihr noch einmal recht in's Maul zu schmieren, daß ich bin
Ihr getreuer Peter Lachs.

Dortchen an Peter.

Musje,

Komm Er heute nicht so frühzeitig wie gestern, versteht
Er mich? Meine Mutter spricht, die Wäsche ist schlecht ge=
waschen, weil Er immer dabei gestanden hat, und das ist
auch wahr, denn ich kann nicht zugleich waschen und Ihn
angucken, das geht nicht an. Wenn Er wieder kommt, so
bringe Er doch das Lied mit, das Er vorgestern mit Seiner
Stimme gesungen hat, denn meine Mutter spricht, es wäre
recht schnurrig gewesen, und sie versteht sich darauf, weil
ihre Gevatterin damit handelt, und eine erschreckliche Menge
von solchen Liedern verkauft. Es wird auch noch ein schmucker
Bursche bei uns sein, der schöne Lieder auswendig weiß,
und wenn Sein Vetter von Freienwalde kommt, so bringe
Er ihn auch nur mit, denn je mehr Narren beisammen sind,
je mehr muß man lachen. Meine Pathe Anna Barbara
und ihre Tochter Liese werden expreß auch kommen, denn
ich habe ihnen durch den lahmen Bärtel zu wissen ge=
than, daß ich bin
Seine ergebene Dienerin
Dorothea Seifenschaum.

Peter an Dortchen.

Herzallerliebste Mamsell Jungfer,

Das war gestern Nachmittag ein schnackischer Abend.
Sapperment! Ihre Pathe hat ein tüchtiges Maulwerk, aber
ich verwette meine silberne Halsschnalle, daß Sie doch noch
besser schnattern kann. Das wäre alles recht gut, wenn nur
der Musje Holzschreiber Kilian Fips nicht da gewesen wäre,
der hat gesungen mir nichts dir nichts, als ob er allein singen könnte, und denkt, weil er zu rechnen versteht wie ein Pro-
fessor, und weil er ein bischen schnarrt, und weil er eine tom-
bakene Uhr hat, er wäre recht ein vornehmer Star und dürfte
andere ehrliche Leute über die Achsel anseh'n. Aber warte nur,
Gelbschnabel, komm mir nur noch einmal so wie gestern, so
will ich dir die Kolbe lausen, und dich fühlen lassen, daß mein
Arm schwerer wiegt, als deine Zunge. Hätte ich es nur nicht
Ihretwegen gethan, und von wegen der respektabeln Ehrfurcht, ich hätte ihm bei jedem Takt einen Zahn in den
Rachen geschlagen. Hat die Kreuzspinne mich nicht aufge-
zogen mit meinem Liede, das ich gesungen habe, wie mir
der Schnabel gewachsen ist. Ich wollte doch einmal seh'n,
um zu seh'n, wie er es machen würde, um so ein Lied zu
machen; er mit seinem welschen Krimskrams. Das Lied ist
gut, es hat's Einer meiner Freunde gemacht, den ich kenne,
und der in die Schule gegangen ist, und der Verstand hat,
wie ein Kobold, und der den Musje Kilian Fips hundertmal in den Sack steckt. Ich habe ihm zwei Flaschen Bier

dafür bezahlen müſſen, und folglich ſchicke ich Ihr das Lied, weil Sie's verlangt hat.

> Ich bin betrübt
> Und ſehr verliebt,
> Denn meinem Dortchen wunderſchön
> Hab ich zu tief in's Auge geſeh'n.
> Daß Gott erbarm!
> Ich bin nur arm,
> All was ich habe ſchwimmt im Teich,
> Doch nimmt ſie mich, ſo bin ich reich.

Das iſt Alles, ſchlecht und recht, aber ein Schelm gibt beſſer als er hat. Morgen muß ich nach Holzhauſen marſchiren, da muß ich eine ganze Woche lang bleiben von wegen dem Lachsfang. Wenn Sie ſchreiben will, ſo ſchreibe Sie an Musje Peter Lachs hinter der Sägemühle. Ich wollte wohl kommen und Abſchied von Ihr nehmen, aber das würde mir nur eine Hundeangſt in den Leib jagen, weil ich ganz töſicht bin, wenn ich Sie nur in vierundzwanzig Stunden nicht ſehe, und ſo zu ſagen verbleiben muß

Ihr treugehorſamſtverliebter
Peter Lachs.

Dortchen an Peter.

Musje,

Ich wünſche Ihm eine glückliche Reiſe, bleib Er fein geſund und was dergleichen mehr iſt. Ich ſoll Ihn alſo in acht Tagen nicht ſeh'n, alſo nur gleichſam wenn ich in meinen

Gedanken an Ihn denken thue. Je nun was soll man machen, man muß sich darin ergeben. Aber eins muß ich Ihm
sagen, wegen Seinem Brief von gestern, und das ist gar
nicht hübsch von Ihm, daß er Grillen fängt, wenn andere
Leute lustig und vergnügt sind. Er ist sonst bis an den Hals
voll Höflichkeit und artige Manieren, aber da hat Er einen
großen Bock geschossen, daß Er den Musje Kilian Fips so
herunter macht, der Ihm nichts auf der Welt Gottes zu
Leibe gethan, und der ein drolliger Kautz ist, so gut wie Er.
Wenn man einmal in der Welt lebt, so muß man mit den
Leuten leben und Spaß versteh'n, versteht Er mich? Wenn
ich auch so wäre, so hätte ich auch müssen böse werden über
meine Pathe, die da sagte, ich hätte Verstand wie ein alter
Drache, und wäre noch immer so tölpisch wie ein junges
Kalb. Aber ich meine ich habe sie abgeführt, und habe ihr
geantwortet wie man antworten muß, wenn man zu antworten versteht. Geht, sagte ich zu ihr, wenn ich ein Kalb
bin, so habe ich doch die Furcht Gottes vor Augen und im
Herzen. Da schwieg sie still wie ein Mäuschen und rülp-
pelte sich nicht. Sieht Er, Musje, so muß man's machen,
aber nicht sogleich oben zum Schornstein hinausfahren. Ein
Schaf ist mir lieber als ein Wolf, d'rum sei Er so gut und
mache Er, daß Er ein Schaf wird, wie ich allezeit sein
werde

Seine ergebene Dienerin
Dorothea Seifenschaum.

Peter an Dortchen.

Herzallerliebste Mamsell Jungfer,

Sie hat wohl Recht, was mache ich mir aus so einem Großsprecher, der für zwei Pfennige Maulwerk hat, und schwatzt wie eine Elster. Da lob' ich mir ein Wörtchen aus Ihrem Munde, und wenn ich die weißen Zähne sehe, wie Sie ein Stück Brot zerkaut, da möchte ich mich gleich selber kauen lassen. Nun wie Sie will, ich bin ein gehorsames Schaf, ich will sanft und süß werden wie ein Schluck Anis= wasser und glatt wie Speck. Apropo, ich bin glücklich an= gekommen, und habe auch eine glückliche Reise gehabt, außer daß ich bei einem Haar krepirt wäre. Ich muß Ihr das doch erzählen. Seh Sie nur, ich sitze in meinem Kahn, und der Jürgen Frischmuth auch, und ich rauche ein Pfeischen Wag= staff, denn auf der Reise thue ich mir was zu gute. Wie wir nun an die rothe Brücke kommen, und daß wir zwischen den Pfeilern durchfahren wollen, so schreie ich was ich kann: Jürgen halte links! ist der Sappermenter besoffen wie ein Schwein, hält mit dem Steuer rechts, krak stößt der Kahn gegen den Pfeiler, daß alles wackelt, und beinahe die ganze Bescherung in Stücken zertrümmert wäre. Diesmal kam ich noch mit einem blauen Auge davon, und es kostet mich weiter nichts, als eine Flasche Weißbier, die ich auf die Gesundheit unsers lieben Herr Gotts ausgetrunken habe, weil er mich durch die lieben Engelein hat beschützen lassen. Nur um deswillen wäre ich nicht gern ersoffen, daß ich nicht mehr hätte sein können   Ihr allergetreuster
                                                                                Peter Lachs.

Dortchen an Peter.

Musje,

Es ist ein gewaltiger Lärm in unserm Hause von Seinet-
wegen, denn ich stand gerade und wusch Hemden, als ich
Seinen letzten Brief bekam, und als ich nicht recht wußte, ob
ich erst die Hemden waschen oder den Brief lesen sollte, da
kam meine Mutter und fragte: was hast du da? ich sagte
nichts. Aber sie sagte wieder, ich wette, du hast was. Und
da antwortete ich, nein, ich habe nichts, und wenn ich auch
was hätte, so ging es Euch doch nichts an. Da riß sie mir
den Brief aus der Hand und las ihn von einem Ende bis
zum andern. »Aha!« sagte sie, »habe ich dich erwischt mit
deinem Peter Lachs? ja das wäre mir eben recht. Für den
Burschen habe ich auch meine Tochter in allen christlichen
Künsten und Tugenden erzogen. Und du Rabenaas? hast
du nichts bessers aus deinem Katechismus gelernt? ja wenn
der Bursche noch ein bischen was im Vermögen hätte, daß
er ein ehrliches Mädchen ernähren könnte —« Aber Mutter, sagte ich zu ihr, Peter Lachs ist ein fleißiger, gottes-
fürchtiger Mensch, und ich bin doch auch nur eine Wäscherin, und nicht viel mehr als er — »Was, sagte sie, es ist
ein Unterschied zwischen Wäscherin und Wäscherin, ja ein Unterschied wie zwischen Theekessel und Braupfanne. Du wäschst
Hemden und Manschetten für junge Herren, das will schon
was mehr sagen. Und hernach habe ich dir eine gute Erziehung gegeben, wohl so gut als einer Schreiberstochter.«
Und da habe ich ihr gesagt, das kann alles nichts helfen,

liebe Mutter, denn wir lieben uns wie des Nachbars Tau=
ben, und werden uns lieben, so lange noch ein Herz in un=
sern Blutstropfen schlägt. Darauf hat sie mir eine große
Ohrfeige gegeben, daß mir die Backe den ganzen Tag ge=
feuert hat, aber sie mag sagen was sie will, ich werde doch
immer verbleiben

Seine getreue Dienerin
Dorothea Seifenschaum.

Peter an Dortchen.

So ist's recht, Mamsell, daß Sie die Ohrfeige bekommen
hat, und daß Sie Ihre Mutter hat ablaufen lassen, denn ich
bin wohl nur ein armer Teufel, aber ich weiß zu leben, ver=
steht Sie mich? und wenn Ihre Mutter groß thut, so ist es
deswegen, weil sie eine wunderschöne Tochter hat, sonst
gäbe ich um sie nicht halb so viel als gar nichts. Daß ich
Sie lieb habe, merkt Sie wohl, weil ich morgen schon wieder
abreise. In vier Tagen habe ich Sie nicht gesehen, es kommt
mir vor, als hätte ich vier Monate in Spandau gesessen. Es
ist eine Hundearbeit mit der Liebe, man weiß nicht, was
man davon denken oder sagen soll. Ich glaube gar, ich bin
krank, die Arme sind mir ganz lahm, und immer denke ich
an Sie, als ob ich nichts anders zu thun hätte; und wenn
ich schlafe, so lasse ich große Seufzer fahren, als ob mir der
Hals verstopft wäre. Ich muß mich immer von einer Seite
auf die andere wälzen, bis ich endlich fest einschlafe wie ein
Ratz. Mannichmal träume ich von Ihr, und da fahre ich in

die Höhe und will Sie grüßen, und habe mir neulich am
Pfosten ein Loch in's Gehräge gestoßen. Ich weiß nicht was
das ist, und werde meiner Mutter sagen, daß sie mir zur
Ader läßt, denn es kommt mir vor wie ein Fieber, und wenn
es nicht bald anders wird, wenn ich Sie wiedersehe, so muß
ich liegen wie ein Fisch, der im trocknen Sande nach Luft
schnappt. Aber ich merke wohl, daß ich so was fühle, als ob
Ihre Gegenwart mich erquicken würde, wie frisches Quell-
wasser, und folglich, wenn auch Ihre Mutter Ihr noch zehn
Ohrfeigen gäbe, werde ich doch immer verbleiben

Ihr getreuster
Peter Lachs.

Dortchen an Peter.

Musje,

Seit Er wieder hier angekommen ist von Seiner Zurückkunft, ist Er nur zweimal bei uns gewesen, obgleich meine
Mutter Ihn gefragt hat: wie geht's Peter? und ob
sie Ihm gleich erlaubt hat, uns alle Abende zu besuchen.
Er ist aber doch nicht gekommen, und das macht mir böse Gedanken, wie von einem Menschen, der eine andere Person
lieber hat wie mich. Gestern habe ich recht lachen müssen,
da war der Holzschreiber Kilian Fips wieder bei uns, der
hat uns so schnurrige Dinge erzählt, daß wir alle haben
bersten wollen. Wäre Er doch nur auch da gewesen, aber mit
einem freundlichern Gesicht als das letzte Mal, da Er gleichsam traurig aussah, als ob Ihm Jemand die Butter vom

Brote geſtohlen hätte. Ich aber bin immer freundlich, wenn ich Ihm ſage, daß ich bin

Seine ergebene Dienerin
Dorothea Seifenſchaum.

Peter an Dortchen.

Ich wollte ich wäre todt, weil Sie lachen kann, wenn der Holzſchreiber Kilian Fips Ihr alberne Schnurren vor= macht. Ich kann auch wohl Schnurren machen, aber wenn ich bei Ihr bin, ſo bin ich aus lauter Reſpekt ſo dumm wie ein Vieh. Wenn ich Sie anſehe, ſo iſt mir's als ob mir die Zunge in den Augen ſäße, und als ob ich gar nicht anders reden könnte, als Sie anſeh'n. Ich merke wohl, daß Sie den Holzſchreiber lieb hat, denn Sie ſpricht immer zu ihm: er= zähle Er uns doch noch Etwas. Was aber mich betrifft, ſo kann ich ihn nicht vor Augen leiden, und darum bin ich auch in drei Tagen nicht bei Ihr geweſen. Ich frage den Henker nach Mamſell Thereſe und Mamſell Mariane, und wie ſie alle heißen, wenn ſie mich gleich mannichmal kneipen und an ihren Bruſttüchern zupfen, oder mir einen Schnurr= bart machen, wenn ich eingeſchlafen bin, ſo ſehe ich doch immer nur nach Ihr wie ein Hecht nach einem Gründling. Sie aber, daß Gott erbarm! Sie ſchwatzt mit dieſen und lacht mit jenen, und thut mit allen ſchön, beſonders mit dem Holzſchreiber Kilian Fips. Meinethalben heirathe Sie ihn. Ich will lieber vor Verdruß über die Abweſenheit Ihrer Gegenwart ſterben, als den Spektakel länger mit anſeh'n.

Das ist meines Herzens Meinung, wenn ich Ihr gerade heraus sage, daß ich bin

Peter Lachs.

Dortchen an Peter.

Musje,

Das ist nicht fein, wenn man eifersüchtig ist, ohne die
Gelegenheit einer Ursache. Sieht Er wohl, Musje, ich wollte
Ihn nicht vertauschen gegen zwei Kilian Fipse. Ich will Ihm
zum Exempel ein Beispiel sagen, ich will nämlich sagen,
ich stelle mir vor, ich wäre eine große Dame geworden, die
Hunde und Katzen hält, und der Holzschreiber wäre meine
Katze, und Er, Musje, wäre mein Hund. Nicht wahr, die
Katze würde allerlei närrische Katzenbuckel und Sprünge
machen, und ich werde lachen? aber der Hund wird wieder
auf eine andere Manier eine Art von Freundschaftsgattung
von mir erzwingen, er wird mir nachlaufen und ich werde
ihn streicheln, weil das arme Vieh mich lieb hat, dahinge-
gen die Katze ihre drolligen Sprünge nur aus Gewohnheit
und zu ihrem eigenen Spaße macht. Er sieht also wohl,
daß ich Ihn lieber habe, als den Holzschreiber, aber ich kann
den doch nicht fortschicken, weil er mir nichts gethan hat,
denn das wäre eine Beleidigung, noch größer als ein Affront.
Und was würde meine Mutter dazu sagen? Was soll das
vorstellen? würde sie sprechen. Und da müßte ich antworten: das muß so sein, weil Musje Lachs haben will, daß
es so sein soll, und weil, wenn es nicht so sein soll, er gar

105

nicht mehr in unſer Haus kommen will. Und da würde meine Mutter lärmen wie ein Drache. Komm Er lieber und lache Er mit uns, ſo will ich Ihm wohl zeigen, daß ich nur Ihn lieb habe, weil ich einzig und allein um Seinetwillen bin

Seine Dienerin

Dorothea Seifenſchaum.

Peter an Dortchen.

Nun habe ich Ihren Willen gethan, Mamſell, und es gereut mich gar nicht, daß ich den ganzen Tag bei Ihr geweſen bin, denn ich will ein Froſch ſein, wenn es mir nicht vorkäme, als wäre ich auf dem Grunde des Paradieſes. Das hindert aber gar nicht meine Leidensqualen, die meinen Körper zu einem Schwefelhölzchen austrocknen. Mein Herz kommt mir immer vor wie ein Schnupftuch, das von Ihr gewaſchen und hernach gebläut wird. Wenn ich wieder zu Ihr komme, will ich Ihr ein Lied mitbringen, das ich ſelber gemacht habe, geſtern Abend als ich nicht einſchlafen konnte. Ich wußte gar nicht, daß ich ſo was machen könnte, aber bei meiner armen Seele! Sie iſt ſchlimmer als ein Schulmeiſter, denn durch Sie bin ich kababel geworden zu reimen, wie unſer Küſter am Neujahrstage.

Meine Mutter ſpricht, ich wäre krank, weil ich mager werde wie ein gebratener Häring, und weil ich Verſe mache, und ſie will in die Kapelle der heiligen Urſula gehen, und will eins von meinen Hemden der Heiligen vor die Naſe halten, davon ſoll ich geſund werden, aber das wird auch

XXII. 8

nichts helfen, und ich will lieber morgen zu Ihr kommen,
und mich in einem Gespräch mit Ihr unterreden, was Sie
davon meint, wenn die Mutter lieber zu der Mutter ginge,
daß ich doch endlich einmal sähe, wo das Ding herein oder
heraus will, und ob ich mit allem Respekt sein darf

Ihr Bräutigam
Peter Lachs.

Dortchen an Peter.

Musje,

Ist Er nicht am Freitage von uns weggelaufen wie ein
toller Hund, aus Ursachen, daß ich nicht willigen wollte
in die Frage, die Er mir gethan hat wegen einer Antwort.
Mit dem Heirathen hat es noch immer Zeit, ich werde auf
Ostern erst dreiundzwanzig Jahr, und da will ich noch ein
Weilchen Mamsell Jungfer bleiben, und hernach, wenn ich
Lust haben werde, Frau Madame zu sein, so will ich's
Ihm sagen, denn meine Frau Pathe spricht, es wäre keine
bessere Zeit für die liebe Jugend, als wenn die Jugend verliebt ist. Sehe Er nur meine Muhme Lieschen, die ist seit
vier Monaten verheirathet und so ehrbar geworden wie der
Burgemeister, da sie doch vorher war wie ein junges Kätz-
chen, von solchen, die in Gesellschaften lustig und guter
Dinge sind. Sein Lied hat mir recht gut gefallen. Die
Leute sagen, Er habe erschrecklich viel Grütz im Kopfe, und
das freut mich, wenn die Leute so reden. Auf den Sonntag
gehe ich zu meiner Muhme, um Dampfnudeln zu essen. Es

werden noch viele Menschen hinkommen, aber wenn Er da ist, so werde ich glauben, Er wäre ganz allein da.

Peter an Dortchen.

Mamsell Jungfer,

Wenn Sie mich nicht lieb hat, so darf Sie es nur sagen, und ich werde mir auch nicht die Haare darum ausraufen, denn ich verstehe mich nicht auf das Augenzwinkern wie Musje Kilian Fips. Am Sonntage, als wir Plumpsack spielten, habe ich wohl gemerkt, daß Sie den Holzschreiber immer am härtesten geschlagen hat, und hernach als er das Pfand auslösen sollte, hat Sie ihn gar lassen: i ch ha nge und verlange sagen, nach wem? nach Dortchen Seifenschaum, damit er nur Gelegenheit hatte, Sie zu küssen. Das kann ich nicht leiden, ob Sie mir gleich allerlei hübsche Gesichter geschnitten hat, damit ich nur still sein sollte. Aber wenn Sie ein Kerl wäre wie ich, so würde ich mich mit Ihr auf der Straße herumzanken, so lange bis die Wache käme, und uns in die Polizei schleppte, die würde Ihr sagen, daß Sie Unrecht hat, weil Sie eine Wortbrüchige ist, und weil Sie Flausen machte, wenn ich will, daß der Priester gleichsam eine Verbindung aus uns machen soll. Aber nun ist es aus mit uns, denn ich will nicht länger sein wie Ihr Eichhörnchen, das im Rade tanzt. Sage Sie Ja oder Nein, damit ich weiß, woran ich bin, denn es gibt noch andere hübsche Mädchen genug in der

8 *

Welt, und es wird doch wohl noch eine darunter sein, von der ich mich nennen kann

Ihren gehorsamen Diener
Peter Lachs.

Dortchen an Peter.

Musje,

Schäme Er sich in Sein Herz hinein, das sind schlechte Streiche. Geh' Er zum Henker mit sammt dem Holzschreiber Kilian Fips. Aber ich sehe wohl, was Er im Sinne führt, Er will mich recht boshaftig machen, da soll ich Ihn fortschicken, und dann will Er sprechen, ich wäre das Original von unserer Zänkerei gewesen, und will gehorsamer Diener zu mir sagen und damit holla! Das hätte ich eher wissen sollen, denn ich hätte können Wäscherin werden im großen Hospital, das habe ich reffirt und so hätte meine Mutter nicht so viel Herzeleid gehabt. Die arme Frau, sie hat wohl Recht. Was will Er mit Seinem Eichhörnchen? Geh Er, Musje, Er ist ein Grobian. Ich habe, Gott sei Dank, Alles, was man haben muß, um stolz auf die Ehre zu sein, und mein einziger Kummer ist nur, daß es mir Freude gemacht hat, Ihn lieb zu haben. Das wäre ein Elend, wenn es nicht anders würde; aber ich will alle Gedanken an Ihn verjagen durch das liebe Gebet, und will Gott bitten, daß er Ihm Seine Heuchelei vergebe, weil Er mich belogen hat, als Er vorgab zu lieben

Seine gehorsame Dienerin
Dorothea Seifenschaum.

Peter an Dortchen.

Ich komme wie ein Bettler, liebe Mamselle Jungfer, und bettele Ihre Vergebung wie ein Almosen. Ich habe Ihr Verdruß gemacht, das ist aber nicht mit Fleiß geschehen, denn ich liebe Sie so entsetzlich, daß ich immer bang bin, Sie möchte mir durch die Lappen gehen. Ich war grimmig eifersüchtig auf den kleinen Holzschreiber, und wollte morgen zu ihm gehen mit meinem spanischen Rohr, und wollte ihn durchwammsen nach Noten. Ach, Mamsell Jungfer! ich bin hoch erfreut, daß Sie mir die Ehre anthut, mich ganz allein lieb zu haben, und ich lache über den Musje Kilian Fips, daß mir die Adern an der Stirne schwellen wie ein paar Ankertaue. Geh' Sie nur in's große Hospital und werde Sie Wäscherin, so werde ich Soldat, und gehe in den Krieg, und lasse mich blessiren, und lasse mich auch in's Hospital schleppen, etsch! dann bin ich doch wieder bei Ihr. Und dann sollte Sie vor mein Bett kommen, und sehen wie ich sterbe aus Liebe zu Ihr, und dann sollte Sie noch einmal sagen, daß ich Sie belogen habe, als ich immer und ewig war und bin und verbleibe

Ihr getreuester Peter Lachs.

Dortchen an Peter.

Musje,

Ich verstehe nicht zu mauen, das kommt daher, weil ich ein gutherziges Schaf bin. Gestern saß ich und flennte, daß mich der Bock stieß, von wegen dem Zank und Haber,

110

ber wohl der liebe Anfang sein darf, aber nicht das Ende. Da kam meine Mutter und fragte: was fehlt dir? denn ich hatte geschwollene Augen wie ein abgestochenes Kalb, und so eine Art von Farbe wie eine Leiche. Da sagte ich: Mutter, ich will katholisch werden und in ein Kloster gehen. Gott behüte! sagte meine Mutter, was sind das für boshafte Gedanken? heirathe lieber in's Henkers Na= men! wenn du es nicht lassen kannst. Und ich merke wohl, daß der Musje Peter Lachs dir im Kopfe steckt. Da zeigte ich ihr Seinen letzten Brief, wo Er vom Soldatwerden redet, das hat meine Mutter ganz weichherzig gemacht. Meinethalben, hat sie gesagt, er soll nur kommen und dem Dinge ein Ende machen. Da bin ich ihr um den Hals ge= fallen, und habe sie geherzt und geküßt. Komm Er nur bald. Auf den Sonntag soll die Verlobung sein, und her= nach ist's nicht weit mehr hin zur Hochzeit. Er kann's mir auf's Wort glauben, daß ich eine große Freude haben werde mich zu nennen

meines Musje Bräutigams

gehorsamste Dienerin und Frau

Dorothea Seifenschaum.

Der Holzschreiber Kilian Fips an Peter Lachs.

Hochedler

Insonders Hochgeehrter Musje,

Ob ich gleich die Ehre habe, ihn nicht zu kennen, so verstehe ich doch die Arrimetik aus dem Grunde, und nehme mir daher die Freiheit, Ihm nach Stand und Würden zu Seiner morgenden Hochzeit glückwünschend zu gratuliren. Der Gott Zevs und der Gott Jupiter lasse Sein Leben dahin fließen wie ein Bach unter Rosengesträuchen, und gebe Ihm immer Sandarte in Seine Netze, und Seiner Frau Eheliebste immer junge vornehme Herren, die viel Manschetten waschen lassen, und wenn ich einmal Holz= inspektor werde, soll keine andere Seele meine Manschetten waschen, als weiland Jungfer Dorothea Seifenschaum. Morgen will ich den Stadtpfeifer mitbringen, der soll bla= sen wie Apoll das Lied: Wer nur den lieben Gott läßt wal= ten. Da wollen wir tanzen wie die Musen in Eintracht und Gottesfurcht, bis die Göttin Aurora uns alle zu Bette jagt, wo man in den Armen der holdseligen Braut den Lohn der Treue erntet. Solches alles geschehe nach Seinem Wunsch und Willen, wie auch sonder Gefährte, weil ich die Ehre habe zu verharren

meines insonders hochgeehrten Musje's

karakterissirter Diener
Kilian Fips.

Was ist grob? und was ist höflich?

Der Zufall brachte einst eine Menge Menschen aus allen Nationen zusammen; auch hatte der Zufall dafür gesorgt, daß es gerade die gesittetsten, manierlichsten Leute waren, die sämmtlich in ihrer Heimath für Muster der Höflichkeit galten. Demungeachtet war das erste Wort, welches man in dieser Versammlung hörte, der Ausruf eines Mexikaners: »Du bist ein grober Flegel!« der an seinen Nachbar, einen Brasilianer, gerichtet war.

»Warum?« fragte der Brasilianer.

Der Mexikaner. Weil du mich nicht gegrüßt hast.

Der Brasilianer. Habe ich nicht sogleich deinen Kopf gegen meinen Magen gedrückt?

Der Mexikaner. Eben dadurch hast du mir beinahe das Genick gebrochen. Du hättest mit der Hand die Erde berühren, und alsdann die Hand küssen sollen.

Ein Siameser. Um Verzeihung, meine Herren, Sie haben beide Unrecht. Der Herr Brasilianer hätte als ein Mann von Lebensart sogleich sein Unterkleid ausziehen und um den Leib wickeln sollen.

Eine junge Indianerin von der Küste Malabar. Wo denken Sie hin, mein Herr? glauben Sie, wir wären hieher gekommen, um Unterkleider ausziehen zu sehen? So oft ich einem Manne begegne, dem ich Achtung schuldig bin, so entblöße ich meine Brüste, und das ist, denke ich, alles, was er mit Bescheidenheit von mir fordern kann.

Ein Madegasse. Wozu die Umstände? man legt seine Hand sanft auf die Hand des Andern, und damit holla!

Ein Cochinchinefer. Sie scheinen eine schlechte Erziehung genossen zu haben, mein Herr, sonst würden Sie wenigstens hinzusetzen, daß man den Binsenhut im Vorbeigehen etwas lüften muß.

Ein Südseeinsulaner. Ich trage keinen Binsenhut, aber meine Krone von Papageienfedern nehme ich höflich ab, und setze sie dem Andern auf den Kopf.

Ein Araber. Was Kronen und Hüte! es ist genug, wenn ich spreche: Salam Aleikum, Friede sei mit euch! und darauf muß der Andere mir antworten: Aleikum Essalem, mit euch sei Friede!

Ein Araber aus Yemen. Schäme dich, Landsmann! wenn du fein höflich sein willst, so mußt du versuchen, dem Andern die Hände zu küssen, der das nämliche versuchen wird. Da müßt ihr denn eine Viertelstunde lang die Hände immer hin und her zerren, bis endlich der Aelteste von euch Beiden dem Andern erlaubt, seine Fingerspitzen mit den Lippen zu berühren.

Eine Europäerin (zu dem Araber). Du schwatzest viel von Höflichkeit, aber du hast mich nicht einmal gegrüßt?

Der Araber. Weil es eine Grobheit wäre, ein Mädchen auf der Straße zu grüßen.

Eine Japaneserin. Ich weiß nicht, was du damit sagen willst. Du siehst, daß ich kerzengrade vor dir stehe, und wirst gestehen, daß man nicht höflicher grüßen kann. Wenn du ein vornehmer Mann wärest, so würde ich mich sogar vor dir niedersetzen.

Ein Perser. Und dann würde ich sagen, daß du nicht zu leben weißt. Man muß stehen, mit dem Kopfe nicken, und die rechte Hand an den Mund legen.

Eine Morlakin. Nichts weniger, man muß den Fremden mit einem Kuße empfangen.

Eine Russin. Recht Schwesterchen!

Eine Engländerin. Doch nur auf die Stirn, will ich hoffen?

Eine Deutsche. Oder auf die Hand?

Ein Maure. Umgekehrt Madam, Sie müssen uns die Hände küssen.

Ein Weib von der Insel Moaly. Seht doch! küssen! ich würde es sehr übel nehmen, wenn ein Jeder, der mir begegnete, mir nicht sogleich den Rücken zukehrte.

Ein Spanier. Gehen Sie mit Gott, Sennora! ist alles, was ich Ihnen sagen werde.

Ein Kalifornier. Du brauchst gar nichts zu sagen, und überhaupt gar nicht zu grüßen.

Ein Otaheiter. Der Herr Nachbar aus Kalifornien würden sehr unverschämt sein, wenn Sie sich nicht wenigstens den Oberleib bis auf die Hüften entblößten.

Ein Ethiopier. Vergeßt ihr den Alle, daß man dem Andern seine Leibbinde abnehmen und sie selbst umbinden muß? indessen der Andere so höflich ist, halb nackend da zu stehen?

Ein Grönländer. Possen! man weist dem Fremden mit dem Fingen einen Platz an, wo er sich niedersetzen kann, und sagt nicht ein Wort dabei.

Ein Kurile. Grobian! du wirst doch wenigstens das Knie beugen?

Eine Lappländerin. Was kann das helfen, wenn man nicht zugleich die Nasen an einander drückt, und sich mit einer Rennthierzunge beschenkt?

Der Europäer. Ihr seid Alle zusammen grobes un=geschliffenes Volk. Nimmt denn keiner von euch den Hut ab?

Der Asiate. Pfui! das wäre sehr ungesittet.

Bis dahin hatte ich aufmerksam zugehört, als ich sah, daß mir ein Freund in der Ferne winkte. Ich drängte mich sogleich durch den Haufen durch, stieß den Brasilianer mit meinem Kopfe vor den Bauch, daß er zur Erde stürzte; schielte der jungen Indianerin nach den vollen Brüsten; umarmte die Morlackin; kehrte der Insulanerin von Moaly den Rücken zu; sagte zu dem Spanier: Gehen Sie mit Gott, Sennor! rieß dem Ethiopier seine Binde vom Leibe, und lief davon, indem ich den Ruf der ausgezeichnetsten Höflichkeit zurückließ.

Ein Beitrag zu Knigge's Buch über den Umgang mit Menschen *).

Man pflegt zu sagen: ein Mensch, der sich durch Ruhm, Reichthum oder Ehrenstellen in der Welt emporschwinge,

---

*) So oft in diesen Bemerkungen das Wort Freundschaft vor=kommt, so verstehe man darunter nicht die echte, sondern nur jene

vergeſſe ſeine alten Freunde, höre auf, ſie zu lieben; aber
weit öfter hören die alten Freunde auf, ihn zu lieben, haſ=
ſen ihn ſogar aus Neid und Eiferſucht. Indeſſen wünſch=
ten ſie ihm doch ehemals herzlich alles das Gute, das er
nun beſitzt; halfen ihm ſogar aus allen ihren Kräften.
Nun iſt es gelungen und ſie haſſen ihn. Wie geht das zu?
— Die Eitelkeit trug die Larve der Freundſchaft, denn
man intereſſirt ſich weit öfter für ſeine Bekannte aus Ei=
telkeit als aus wahrer Neigung. Man wünſcht ſie bis zu
einer gewiſſen Höhe ſteigen zu ſehen, damit man ſagen
könne: der da oben iſt unſer Freund. Aber ſobald der
Glanz anfängt, unſere eigenen Augen zu blenden, dann
drücken wir ſie zu, und gehen unwillig unſerer Wege.

————

»Der oder Jener iſt ein guter Menſch," höre ich ſo oft ſa=
gen, und wenn ich frage, warum? ſo findet ſich's immer,
daß man ihn nur deswegen gut nennt, weil er ſich durch
nichts, durch gar nichts auszeichnet. Das ſicherſte Mittel,
geliebt zu werden, iſt, wenn man weder durch Geiſtesga=

Afterfreundſchaft, jene Art von Zuneigung guter Bekannten, die
ſich auf gegenſeitiges geſellſchaftliches Intereſſe gründet. Von der
echten Freundſchaft ließe ſich nur dann reden, wenn man über den
Umgang mit Einem Menſchen ſchriebe; denn ſelig, der Einen
Freund hat! und wer ihn hat, ſchreibt nichts darüber. Wahren
Freunden, wahren Liebenden Vorſchriften geben wollen, hieße
dem Epheu vorſchreiben, wie er ſeine Ranken um die Ulme ſchlin-
gen ſoll.

ben noch durch Geschenke des Zufalls irgend Jemand im Wege steht. Aber auf diese Art will man nicht geliebt sein. Man begehrt Achtung, Ehrfurcht. Ein Schmeichler ist uns lieber als ein Freund.

Wenn man verlangte, es solle ein Buch geschrieben werden über die Vortheile und die Nothwendigkeit sich beliebt zu machen; so würden alle Menschen schreien: Mein Gott! wie überflüssig! wer zweifelt daran? und ich würde antworten: fast alle Menschen zweifeln daran. Wenigstens kann man aus ihrem Betragen nicht anders schließen. Sie thun alles, um hochgeachtet, nichts, um geliebt zu werden. Wenn einer alle Augenblicke spricht: ich wünsche geliebt zu werden; so weiß er recht gut, daß schon dieser Wunsch Achtung verdient, und folglich will er doch eigentlich nur geachtet sein. Nur ein Verliebter sucht wirklich Liebe.

———

Das gesellige Leben ist ein ewiges Auswechseln von gegenseitigen Gefälligkeiten. Der Biedermann gibt mehr als er empfängt, und der Schlaue, der Andere gängeln oder nutzen will, macht es eben so. Ein Jeder, pflegt man zu sagen, ist seines eigenen Glückes Schmied, und das gilt wenigstens vom geselligen Leben. Du wirst glücklich mit Andern sein, wenn Andere es mit dir sind.

Aber es gibt Leute, die von Niemand geliebt werden, selbst von denen nicht, die ihnen lieb sind. Andere haben die glückliche Gabe, Jedermann einzunehmen, selbst die, von

welchen sie übel gelitten waren. Noch Andere sind aller=
liebst im Umgange, aber nur mit solchen Leuten, die ihnen
gefallen, indessen sie bei Andern, die ihnen nicht behagen,
sich unmöglich Zwang anthun können, und sich sicher ver=
haßt machen. Ich habe das Unglück selbst, zu der letztern
Gattung zu gehören, und fand es daher sehr gerecht, als
man einst einen Jüngling, der mir nicht gefiel, vor meinem
Umgang warnte; »denn,« sagte man zu ihm, »thut er sich
keinen Zwang bei Ihnen an, so können Sie nicht mit ihm
leben; und thut er sich Zwang an, so kann er nicht mit
Ihnen leben.«

Gute Menschen können schlechte Menschen nicht lieben.
Schlechte Menschen können schlechte Menschen auch nicht
lieben. Nur Gute lieben Gute. Die Bösen nutzen die Gu=
ten, aber sie lieben sie nicht. Die Bösen lieben also gar
nicht.

Aber echte Freundschaft bedarf keiner Gleichheit der
Gemüthsart. Fritz liebt Wilhelm, Wilhelm liebt Fritz, sie
sind unzertrennlich. Indessen ist Wilhelm kalt, bedachtsam,
und ein wenig zur Schwermuth geneigt. Fritz hingegen ist
munter, lebhaft, witzig, zuweilen ein wenig närrisch. Wil=
helm erlaubt sich dann und wann Verweise und gute Rath=
schläge, die Fritz wohl aufnimmt. Fritz macht sich zuweilen
über seinen vernünftigkalten Freund lustig, neckt ihn, und
dieser versteht Scherz. Der Eine hat das Vergnügen zu

amufiren, der Andere hat das Vergnügen amufirt zu werden.

O! ein Menſch, ohne welchen wir nicht leben können, iſt uns ſehr lieb! Aber ein Menſch, der nicht ohne uns leben kann, iſt uns doch noch lieber. Wir hegen für ihn die Dankbarkeit der Eitelkeit, und das iſt die aufrichtigſte von allen Dankbarkeiten.

———

Die Kunſt, ſich Freunde zu erwerben, iſt oft weniger nothwendig, als die, ſich keine Feinde zu machen. Der Freund hilft dir emporklimmen, der Feind hat es nicht hindern können; aber nun ſtehſt du oben, wo das Gleichgewicht ſchwerer zu erhalten iſt, als unten auf dem ſichern Boden. Der Feind kommt von hinten, gibt dir einen kleinen Stoß in den Rücken, und du ſtürzeſt herab.

Man macht ſich zuweilen zehn Menſchen zum Feinde, dadurch, daß man ſich Einen zum Freunde gemacht hat, deſſen Freundſchaft ſie mißgönnen. Dann fallen ſie chriſtlich über dich her, machen aus jeder Schwachheit ein Verbrechen; aus jedem Fehler ein Laſter; aus jeder einzelnen Handlung tägliche Gewohnheit; aus jedem Argwohn Gewißheit. Siehſt du ein ſchönes Mädchen gern, ſo biſt du ein Wollüſtling; haſt du die üble Gewohnheit, zuweilen auf Koſten eines Narren witzig zu ſein, ſo dichtet man dir ein böſes Herz an; hatteſt du einmal beim Gelag der Freude einen kleinen Hieb, ſo biſt du dem Trunk ergeben; und ſieht man dich in

acht Tagen nicht im Klubb, so versichert man, du seist da=
von gelaufen.

Vor allem hüte dich, dir ein gelehrtes Frauenzimmer
zum Feinde zu machen, welches die leichteste Sache von
der Welt ist; denn trage sie, wie man zu sagen pflegt, auf
deinen Händen bis nach Rom, und setze sie vor dem Thore
ein wenig unsanft nieder, so haßt sie dich. Ist sie noch
überdies fromm, so verabscheut sie dich; denn die Fröm=
migkeit begnügt sich nicht mit Liebe oder Haß, sie
vergöttert oder verabscheuet. Dann wirst du hören,
wie sie sich mühsam quält, dir Laster aufzubürden, wie drol=
lig sie sich windet und krümmt, dir Verbrechen anzudichten.
»Der arme Mensch!" sagte einmal ein solches gelehrtes
Frauenzimmer von mir, nachdem sie eine ganze Litanei von
meinen Fehlern abgesungen hatte, »der unglückliche Mensch!
was noch das Aergste ist, er glaubt nur an einen einzigen
Gott!"

Eine sehr bittere Art von Haß entsteht auch noch da=
aus, wenn Jemand sich dir zum Protekteur aufdringt, und
du das Unglück hast, ihn nicht zu brauchen. Diese Erfah=
rung habe ich bei einem gelehrten Manne gemacht, dem es
Bedürfniß schien, mich zu protegiren, und dem ich durch=
aus nie Etwas zu Leide gethan hatte, als daß ich seiner
nicht beburfte.

Wähne auch ja nicht, du könnest dich in den Mantel
deiner Unschuld hüllen, Verleumdungen nur mit Verach=
tung begegnen. Die Bosheit ist ein Platzregen; mögest du

immerhin trocken stehen, unter dem Schirmdach deines Ge-
wissens, die Welt sieht es nicht, und was noch schlimmer ist,
sie will es nicht sehen. Die Menschen unterscheiden sich
darin von den Engeln; sie haben mehr Freude über Einen
gefallenen Sünder, als über hundert Gerechte.

————

Indessen muß man dergleichen ertragen, so gut es sich
thun läßt. Der ist weise, der über Niemand klagt; er ver-
meidet oder erstickt dadurch viele Feindschaften. Wen du
durch Geduld nicht bekehrst, den entwaffnest du wenigstens.

»Aber, höre ich sagen, ein Mensch, der mich ungerechter Weise haßt, verdient nicht, daß ich seiner schone.«

Recht! es kommt auch nicht auf das an, was er verdient, sondern was dir nutzt. Um deinetwillen sollst
du seinen Haß besänftigen, nicht um seinetwillen. Und
wahrlich! das ist oft leichter als man glaubt. Bezeige deinem Feinde Achtung, diese Achtung schmeichelt ihm, und
er wird nicht selten aus einem beißigen Verleumder dein
warmer Vertheidiger.

————

Nur die, welche sich lange und viel in der Welt herum-
gedrückt haben, wissen am besten, wie schwer es ist, Freunde
zu erwerben und zu erhalten; wie oft ein Nichts die
Menschen beleidigt, entfremdet, weil dieses Nichts unvor-
gesehen sich irgendwo an ihrer Eitelkeit rieb.

Hat man einen Gönner eingebüßt, »das war seine eigene Schuld,« heißt es, »an seiner Stelle würde man sich

XXII.   9

beſſer zu erhalten gewußt haben." Aber die ſo reden, kennen
die Welt nicht, wiſſen nicht, wie viel Kunſt, Geſchmeidig=
keit, Geduld, Aufmerkſamkeit und Ausharren dazu erfor=
derlich iſt. Sie würden an der Stelle des Andern weit eher
noch gefallen ſein; ſie gleichen dem Pfaffen, zu dem der
Herzog Bernhard ſprach: Mein Herr, Ihr Finger iſt keine
Brücke, die Unkunde der zu überwindenden Schwierigkei=
ten iſt ſo oft eine Quelle ſtrenger und ungerechter Verdam=
mungsurtheile.

Je größer das Verdienſt, je ſtrenger die Beurtheilung.
In den Werken eines Genies, und im Leben und Wandel
eines Biedermannes, haſcht man mühſam nach Fehlern;
indeſſen man dem mittelmäßigen Kopfe und dem Schurken
vieles zu Gute hält; denn ſie haben ſich einmal eine breite
Straße gebahnt, auf welcher man ſie ruhig laufen läßt.
Wir finden gern Makel und Flecken an einem Manne, der
ſich allgemeine Achtung erwarb; es wird uns aber nicht
ſauer, die gute Seite deſſen hervorzuſuchen, der allgemein
verſchrien iſt.

Wenn Einer ein recht entſchiedener Narr oder Schurke
iſt, ſo hat er den Vortheil, daß man entweder gar nicht
mehr von ihm ſpricht, oder das wenige Gute geltend macht,
was er etwa beſitzt! denn das Böſe kennt die ganze Welt
ſchon, es intereſſirt nicht mehr.

Menschen, die sehr viel Verstand haben, sind selten geliebt, und lieben selten. Man sagt, der Fürst, der sich keine Liebe zu erwerben wüßte, sei doppelt tadelnswerth, weil es ihm so wenig, oft nur ein Lächeln gekostet haben würde; und das nämliche gilt beinahe von Leuten, deren Geistesüberlegenheit anerkannt ist. Sie dürfen nur ein wenig Achtung bezeigen, um geliebt zu werden, denn ihre Achtung schmeichelt uns.

————

Leuten von Verdienst predigt man so oft vor: Seid bescheiden! Warum sagt man eingebildeten Narren nicht das nämliche? haben sie allein das Privilegium, unbescheiden zu sein? — Ach ja! es ist nur allzuwahr! sie haben ein solches Privilegium. Ein Narr darf ungestraft albernen Stolz und hirnlose Eitelkeit zur Schau tragen, man lacht darüber, und man würde gar nicht froh dabei sein, wenn er sich besserte, denn man verlöre einen Gegenstand des Lachens. Es ist also einer der größten Vortheile der Narrheit, daß man nicht nöthig hat, bescheiden zu sein.

Krämer geben oft Krebit, sonst würden sie wenig verkaufen; aber sie verlieren auch oft dabei. Eben so ist es im geselligen Umgange, wo man Aufmerksamkeiten und Gefälligkeiten gegen einander austauscht. Man verliert oft dabei seine ganze Auslage, aber ein solcher Verlust macht nur in so fern arm, als man den Muth verliert, wieder etwas zu wagen.

9 *

Da man nun einmal unter den Menschen leben muß, als ob man sie liebte und hochschätzte, wäre es nicht besser, man versuchte wirklich sie zu lieben und hochzuschätzen? — Ach! ich habe es oft versucht, aber es geht wahrhaftig nicht!

Wer hat nicht irgend einmal über den Stolz eines Obern, die Unhöflichkeit eines Gleichen, oder den Mangel an Ehrfurcht eines Untergebenen geklagt? Aber wer untersucht sich jemals, wie oft er selbst wohl zu solchen Klagen Veranlassung gegeben? Was uns an Andern mißfällt, mißfällt ihnen an uns. Du liebst jenen Jüngling? wohlan, sei ihm gleich. Du hassest jenen Mann? wohlan, gleiche ihm nicht. Aus unsern Neigungen und Abneigungen könnten wir, wenn wir wollten, großen Vortheil ziehen; und mancher würde wohlthun, sich selbst zuzurufen: Du würdest den bitter hassen, der dir gliche.

———

Wie läßt sich die Frage auflösen: ob Liebe ohne Achtung bestehen könne? Alles, was liebenswürdig oder angenehm ist, ist deshalb noch nicht achtungswerth. Aber man kann Jemand lieben, wenn gleich viele achtungswerthe Eigenschaften ihm mangeln, z. B. Geist, Gelehrsamkeit u. s. w., ja man liebt ihn oft mehr deswegen, denn, ich habe es schon gesagt, Geistesgaben gewinnen selten Herzen. Was Vergnügen gewährt, erwirbt Liebe, und was Nutzen schafft, Achtung. Aber es gibt nur wenig Menschen, denen Geistesgaben ein großes Vergnügen gewähren. Diese Wenigen müssen selbst Männer von Geist sein, und folglich sind sie eiferfüchtig auf ihres Gleichen. Wie können fie ben lieben, bem man eine Achtung zollt, auf welche fie felbft Anfpruch machen? Folglich find fieben Achtel ber Menfchen gleich= giltig gegen Geiftesgaben, und bas lehte Achtel neibifch.

Hochachtung quillt oft aus Freundfchaft, aber nie um= gekehrt. Ja, wenn Jene die Tochter von biefer ift, fo er= morbet fie fogar oft ihre Mutter. »Ich fchähte ihn anfangs hoch,« fagte ein gewiffer Mann, »weil ich ihn liebte; aber als ich ihn näher kennen lernte, mußte ich ihn fo hoch fchähen, daß ich aufhörte ihn zu lieben.«

Der Neib ift leiber eine ber natürlichften Leibenfchaften bes Menfchen. Ift man auch nicht eiferfüchtig auf frembes Verbienft, fo ift man es boch auf ben Ruhm, welchen biefes Verbienft erwirbt.

Einen fehr befcheibenen, verbienftvollen Mann liebt man beswegen, weil man fein verhülltes Verbienft gleichfam zu entbecken glaubt, und weil man baburch feiner eigenen Beurtheilungskraft ein Kompliment macht; wo ber Schleier ber Befcheibenheit mangelt, ba ift Achtung verbienen oft ein Hinderniß fie zu erhalten.

Nur ein großer Reichthum an Herzensgüte kann be= wirken, daß man bir beinen Verftand verzeiht. Wer burch Verftand und Wih zu gefallen fucht, handelt eben fo unbe= fonnen, als ließe er fich bei einem Gönner burch ben Tob= feind biefes Gönners einführen.

Warum sind die Männer heut zu Tage höflicher unter einander als vormals? und warum sind sie es weniger als vormals bei Weibern?

Das Erste kommt daher, weil sie mehr Verstand und weniger Muth haben, als vor zweihundert Jahren. Sie fühlen, daß es eine Thorheit ist, sich im Zweikampf herum zu balgen, und eine noch größere Thorheit, Händel zu suchen. Daher vermeiden sie dergleichen durch vermehrte Höflichkeit.

Bei den Weibern treffen mehrere Ursachen zusammen. Erstens sind sie — mit allem Respekt gesagt — etwas weniger häuslich und tugendhaft als ihre Urgroßmütter. Zweitens ist die vormalige Heldenliebe der Ritter, und die damit verbundene Sklaverei, erloschen. Man liebt heut zu Tage nicht mehr so als ehedem, man hat andere Dinge im Kopfe. Ehrgeiz und Habsucht fressen die Stunden. Die Liebe ist eine Leidenschaft des Geschäftlosen. Die Ritter der Vorzeit hatten nichts zu thun, als eine Lanze zu schwingen, einen Bären zu erlegen, und ein Weib zu lieben; deshalb thaten sie auch jedes dieser drei Dinge von ganzer Seele.

Noch einige Denksprüche für das gesellige Leben.

Es ist Weisheit zu wissen, daß man wenig weiß, und warum man wenig weiß. Nur der Halbgelehrte glaubt viel zu wissen.

*

Ein Wenig von Allem wissen ist nicht schwer. Von Wenigem Viel wissen, ist selten.

Es gibt eine Menge Dinge, die der Narr sehr gut zu wissen glaubt, und der Kluge jemals zu wissen verzweifelt.

*

Der mittelmäßigste Mensch führt oft den besten Kopf am Gängelbande.

*

Der Glaube ist gut in der Kirche, aber nicht unter Menschen.

*

Die Welt verzeiht dir eher, wenn du lasterhaft, als wenn du lächerlich bist, und — es ist fürchterlich wahr! — fast jeder Mensch gilt lieber für lasterhaft als für lächerlich, wenn er nur die Wahl zwischen beiden hat.

*

Anders denken als die Menge, ist Muth des Geistes; sagen, was man denkt, ist Muth des Herzens — und Thorheit!

*

Der Weise und der Dummkopf handeln beide aus Gewohnheit.

*

Behalte deine politischen und Religionsmeinungen für dich. Wer leuchten will, der zündet oft. Das Licht verlöscht und die Flamme greift um sich.

*

Die Achtung der Welt kann man erschleichen, aber eigene Achtung muß man verdienen.

*

Man weiß recht gut, warum man haßt, aber selten, warum man liebt.

*

Erwirb dir Gönner. Ein Gönner ist ein Regenschirm bei schlechtem Wetter, oder ein Brennglas, um die Strahlen des Glücks auf dich herabzulocken.

*

Bestiehl Witwen und Waisen, aber nur keinen Pfaffen. Ein Rabe ward einst in den Bann gethan, weil er sich unterstanden hatte, dem Abt Konrad seinen Ring zu stehlen.

*

Als ein guter Freund diese Denksprüche im Manuskripte las, setzte er noch folgenden hinzu: Traue keiner Sentenz, es ist keine Einzige ganz wahr, außer dieser.

—◆◆◆—

Die kleinste Lüge ist gefährlich.
(Eine wahre Begebenheit.)

Ich war in B** und ging an einem schönen Morgen im Thiergarten spaziren. Ein Freund begleitete mich. Von ungefähr kamen wir einer Laube vorbei, in welcher zwei junge schöne Damen saßen, die Eine in tiefer Trauer, mit dem Schnupftuche vor den Augen; die Andere in nachlässiger Morgenkleidung, zeichnete mit ihrem Spazirstöckchen Buchstaben in den Sand. Beide bemerkten uns nicht.

»Kennſt du dieſe Damen?« fragte ich meinen Freund.

»O ja,« verſetzte er, »die in Trauer iſt die Hauptmän=
nin B—, und die Andere die Gräfin S—. Schon als
Kinder waren ſie Freundinnen, jetzt hat der Kummer ſie
noch näher vereinigt.«

Ich wurde neugierig, wir ſetzten uns auf eine Bank,
und er erzählte.

———

Emilie und Laura wurden mit einander erzogen, ſie
waren von gleichem Stande und Alter, beide gleich lie=
benswürdig. Der einzige zufällige Unterſchied zwiſchen
ihnen war Emiliens Reichthum, und Laurens Armuth.
Aber reich an Eigenſchaften des Geiſtes und Herzens
waren ſie beide, und an Bewunderern fehlte es keiner.

Unter mehreren jungen Männern wurde auch der
Hauptmann B— in ihrem Hauſe eingeführt. Eine ein=
nehmende Geſtalt und gefällige Sanftmuth waren die
Vorzüge, die er beſaß; Geld war der Vorzug, der ihm
fehlte. Sein Herz ſchwankte lange zwiſchen Emilien und
Lauren, entſchied ſich aber endlich für die Erſtere. Vielleicht
konnte er ſich ſelbſt keine Rechenſchaft von dieſer Wahl
geben, doch muß man ihn gekannt haben, um zu wiſſen,
daß Eigennutz gewiß keine Triebfeder derſelben war.

Dagegen wirkte er deſto mehr bei Emiliens Vater, denn
obgleich die Tochter den jungen Mann wohl leiden mochte,
und an ſeiner Hand glücklich zu ſein hoffte, ſo wurde ihr
doch ſo viel von Gehorſam und Ergebung in den väterlichen

Willen vorgeschwatzt, daß das sanfte Geschöpf nachgab, und ihre aufkeimende Neigung zu unterdrücken versprach. Um ihr diesen Entschluß so viel möglich zu erleichtern, schickte sie der Vater auf ein fernes Landgut, wo sie beinahe ein ganzes Jahr in der Einsamkeit schmachtete, und viel Langeweile hatte. Einige Blumentöpfe, ein Taubenschlag und ein Briefwechsel mit Lauren, das war alles, was ihr zur Unterhaltung übrig blieb. Romane schickte ihr der Vater nicht, und er that wohl daran, denn sonst würde sie schwerlich den Hauptmann B— so glücklich vergessen haben. In den Briefen an Lauren und von Lauren, war sein Name gleichfalls kontreband, denn sie gingen durch des Vaters Hände, und da sie aus einem Lande kamen, wo die Pest der Liebe herrschte, so ermangelte er nicht sie jedesmal vorher zu öffnen, um Lauren vor Ansteckung zu bewahren.

Ob nun gleich Emilie nicht in der Stadt war, so verringerte sich doch darum die Zahl ihrer Bewunderer nicht, denn ihr Geld war in der Stadt geblieben; sie glich dem unsichtbaren Gott der Athenienser, auf dessen Altären man opferte, ohne zu wissen wie er aussah. Zwar wünschten viele sie von Angesicht zu Angesicht kennen zu lernen, und die sie schon kannten, wünschten sie wieder zu sehen; denn wer sie einmal gesehen hatte, sah sie gern, aber es währte lange, ehe der Vater sich entschließen konnte, diese Wünsche zu befriedigen. Seine eiskalte Vernunft hielt die Wage, und Plutus regierte das Züngelchen.

Endlich meldete sich der junge S—, ein Reichsgraf,
und was noch mehr ist, ein reicher Graf, Ritter des deut=
schen Ordens, hatte den großen Pitt gesehen (ich
meine den Diamanten), und bei Vergennes gespeist, und war
auf einer schwimmenden Batterie vor Gibraltar in die
Luft geflogen, daher er denn auch ein wenig luftig war;
übrigens ein ziemlich guter Teig von Menschen, Fabrik=
ware, ein Dutzendmensch, der seinen Schooßhund
liebte, und seinen alten Hofmeister eine Pension gab. Er
las auch bisweilen Bücher, und glich immer dem letzten
Buche, das er gelesen hatte. War es ein Ritterroman, so
brach er Lanzen, und war es Siegwart, so sah er in den
Mond.

Dieser junge Mann warb um Emilien, oder eigent=
licher zu sagen, um Emiliens Vater, der seinen Reizen
nicht widerstehen konnte, und ihm ein Rendezvous auf
dem Lande gab. Die schöne Emilie fütterte eben ihre Tau=
ben, als ein schöner Wagen auf den Hof fuhr, ein schöner
Herr heraus stieg, und ihr viel Schönes sagte. Der Vater gab
ihr dabei zu verstehen, daß dieser Ritter gekommen sei, die
verwünschte Prinzessin aus dem bezauberten Schlosse zu
befreien. Nun mag ein Mädchen ihre Tauben noch so lieb
haben, Freiheit und der große Taubenschlag der Welt sind
ihm doch lieber. Die aufgehende Sonne, so herrlich sie ist,
wird doch endlich angegähnt; die schönsten Blumen, so
lieblich sie duften, werden doch endlich fade und geruchlos,
wenn nicht die Hand der Liebe sie pflückt. Was Wunder,

daß Emilie, theils weil der Graf ein ziemlich angenehmer
Mann war, und größtentheils weil sie Erlösung aus ihrem
Kerker wünschte, das bedeutende Ja in wenig Wochen
aussprach. Der dicke Pastor hielt im Schweiß seines An=
gesichts eine lange Rede, der Küster orgelte ein Brautlied
aus dem neuen Berliner Gesangbuche, und zwölf junge
Bauermädchen, weiß gekleidet, streuten Blumen; denn
seitdem die Menschen wenig mehr auf Blumen wandeln,
ist das Blumenstreuen sehr Mode geworden.

Als unsere Urgroßeltern sich heiratheten, hatten sie
Flitterjahre, unsere Großeltern zählten Flittermo=
nate, unsere Eltern Flitterwochen, und wir sind bis
auf Flittertage herabgesunken. Der junge Graf fand
nach den ersten Flittertagen den ländlichen Aufenthalt ein
wenig einförmig, die junge Gräfin widersprach nicht, die
Rappen wurden angeschirrt, und man fuhr nach der Stadt.

Laura freute sich herzlich ihre Freundin wieder zu
sehen, und der Hauptmann B — freute sich gar nicht:
denn kaum war es ihm gelungen, Emiliens Bild in den
Hintergrund seines Herzens zu stellen, als ihre plötzliche
Erscheinung die glühenden Farben wieder aufzufrischen
drohte. Er traf Emilien in einer Gesellschaft, verbeugte
sich ehrerbietig und wurde blaß; Emilie verneigte sich tief
und wurde roth. Der Hauptmann stotterte einen Glück=
wunsch, den Niemand verstand, und Emilie stotterte eine
Antwort, die Niemand hörte.

»Was soll daraus werden?« dachte der Hauptmann,

als er Abends nach Hause kam, »soll ich mich fruchtlos
quälen? oder soll ich die junge Gattin zu verführen suchen?
Keins von beiden. Ich will mir ein anderes braves Mäd=
chen erkiesen, das mir die Welt, wenn auch nicht zum Pa=
radiese, doch zu einem angenehmen englischen Garten ma=
chen soll. Hymens süße Früchte reifen nicht blos im Treib=
haus der Liebe, sie wachsen auch im Schatten der Ver=
nunft. — Und mich dünkt, ich habe nicht weit zu suchen,
das Glück liegt uns gewöhnlich näher als wir glauben.
Laura ist ein sanftes gutes Geschöpf, häuslich und ohne
Ansprüche. Ich will Lauren heirathen.«

Mit diesem Entschluß legte er sich schlafen, mit diesem
Entschluß erwachte er wieder. »Ich bin Ihnen herzlich gut,«
sagte er am andern Abend zu Lauren, »könnten Sie mir
wohl auch herzlich gut sein?«

Laura war ihm schon lange herzlich gut, sie hatte es
sich nur nie merken lassen; jetzt aber ließ sie sich's merken,
und in vier Wochen waren sie Mann und Frau.

Auch glücklich? — O ja, obgleich keine weißgekleidete
Mädchen ihnen Blumen gestreut hatten. Seine Gefällig=
keit und ihre Sanftmuth streuten sich wechselsweise Rosen;
alles ging gut, so lange der Dämon der Eifersucht aus
dem Spiele blieb.

Aber sehr natürlich war es, daß der Hauptmann Emi=
lien nie ganz gleichgiltig betrachten konnte; sehr natürlich,
daß Emilie immer einiges Interesse für den Hauptmann
fühlte. Er sah in ihr ein reizendes Weib, das ohne des Vaters

Verbot ihn geheirathet haben würde; sie sah in ihm einen liebenswürdigen Mann, dessen erste Liebe sie gewesen war, und — wie die Eitelkeit flüsterte — vielleicht noch war. Zwar erlaubten sie sich nie die entfernteste Anspielung auf ihre vormalige Lage, aber er sprach doch furchtsamer mit ihr als mit jedem andern Frauenzimmer, und sie antwortete ihm verlegener als jedem andern Manne.

Dies entging den Augen des jungen Grafen nicht, und es beunruhigte ihn. Weil er aber kurz vorher einen Roman gelesen hatte, in welchem ein vernünftiger Gatte durch edles Zutrauen seine Frau von einer Schwachheit zurückhielt, so blieb er standhaft bei dem Entschlusse, sich nichts von seiner Unruhe merken zu lassen, und stellte sich sogar, als sehe er es gern, wenn Emilie recht oft zu Lauren fuhr, sagte wohl gar zuweilen: »Du bist recht lange nicht bei Lauren gewesen, warum fährst du nicht hin? mein Wunsch ist, daß du deine Freundin nicht vernachläßigest.« Das war die erste kleine Lüge, aus welcher sich diese Begebenheit entspann.

Eben so wenig entschlüpfte Laurens Augen das fremdartige Betragen ihres Gatten und ihrer Freundin, und es beunruhigte sie gleichfalls. Sie schämte sich aber, es jenem oder dieser zu gestehen. Der Hauptmann fragte wohl einmal in einer traulichen Stunde: »Bist du auch zur Eifersucht geneigt?« und sie antwortete lachend: Nein! Das war die zweite kleine Lüge, auf welche der böse Dämon seinen Entwurf gründete.

Der Winter verſtrich ziemlich ruhig. Das Feuer glimmte unter der Aſche. Im Frühling des folgenden Jahres ward der junge Graf an einem heitern Tage zu einer Luſtpartie auf das Land eingeladen. Der Einlader war ein Hage= ſtolz, der die Weiber ſelbſt im Frühling nicht leiden konnte, und deſſen bacchantiſche Geſellſchaften daher immer nur aus Männern beſtanden. Der Graf fuhr hin, und ſollte erſt den andern Morgen zurückkommen. Emilie blieb zu Hauſe und hatte Langeweile. Da ſandte Laura ihre Zofe zu ihr, und ließ ihr wiſſen, daß der Hauptmann heute die Wache habe, daß er erſt ſpät gegen Morgen nach Hauſe kommen werde, und ſie daher wünſche, auf den Abend Emiliens Geſellſchaft zu genießen. Emilie freute ſich, die Abendſtunden angenehm tödten zu können, und ſagte zu. Ihr Buchhändler hatte ihr eben die beiden erſten Bände von Lafontaine's Gewalt der Liebe gebracht, eins der unterhaltendſten Bücher, die in dem letzten Jahrzehend geſchrieben wurden. Die nahm ſie mit in den Wagen, und fuhr wohlgemuth zu ihrer Freundin, ſandte ihre Equipage nach Hauſe, lachte, ſchäkerte, aß und trank, und nach dem Abendeſſen ſchlug ſie vor, noch ein halbes Stündchen zu leſen. Aus dem halben Stündchen wurde eine Stunde, aus der Stunde zwei, das Buch feſſelte ſie immer mehr und mehr, Emilie vergaß nach ihrem Wagen zu ſchicken, und es war drei Uhr des Morgens, als der Hauptmann zurückkam, und ſie noch immer leſend fand.

Die jungen Weiber erſchracken, da ſie hörten, daß es

schon so spät sei. Emilie sprang auf, bat, einen Miethwagen holen zu laffen, ergriff Handschuh und Saloppe, und eilte fort. Natürlich bot ihr der Hauptmann den Arm, und natürlich bat er um Erlaubniß, sie nach Hause zu begleiten, da es unschicklich gewesen wäre, sie in einem Miethwagen allein fahren zu laffen. Sie dankte verbindlich, er bestand darauf. Sie wurde verlegen. »Nehme ich es an,« dachte sie bei sich selbst, »so bin ich vier bis fünf Straßen lang in der peinlichsten Lage, einem Manne gegenüber, der — (piano) — mir nicht ganz gleichgiltig ist. Schlage ich es aus, so denkt er wohl gar, er sei mir gefährlich.« Die letzte Betrachtung empörte den Stolz, der Stolz siegte über die Furcht, sie gab dem Hauptmann ihren Arm.

Lauren ergriff ein höchst unbehagliches Gefühl. Ihr Mann in einem Wagen mit Emilien — und der Weg war nicht kurz — und der Morgen war schön — sie wandte sich weg, und verbarg die Falte der Eifersucht, die sich um den Mund lagerte, hinter ein erkünsteltes Gähnen. »Macht daß ihr fortkommt!« rief sie gähnend, »ich bin schläfrig; und du, lieber B— störe mich nicht, wenn du nach Hause kommst, ich werde dann gewiß schon schlafen.«

Das war die dritte kleine Lüge, denn nie war sie weniger zum Schlaf geneigt gewesen, als eben jetzt. Aber sie schämte sich der Eifersucht, und die falsche Scham hat immer ihre Schwester, die Lüge, bei sich.

Emilie und der Hauptmann saßen nun bereits im Wagen; es war schon längst heller lichter Tag, die Sonne

ging unbewölkt hervor, die Kirchthurmspitzen schimmerten
lieblich; die Hähne krähten, die Friseurs fingen an herum
zu laufen, und hin und wieder that sich die Thür eines
Krammladens auf. Emilie hätte gern ein gleichgiltiges
Gespräch auf die Bahn gebracht, sie sagte das Erste, was
ihr in den Mund kam, und das war die vierte kleine
Lüge. »Ein schöner Morgen,« rief sie nämlich aus, »ich
hätte lieber gewünscht, einen Spazirgang im Thiergarten
zu machen, als nach Hause zu fahren.«

»Sie haben zu befehlen,« sagte der Hauptmann, der
sich keines bösen Gedankens bewußt war; »Kutscher fahr
nach dem Thiergarten.«

Emilie erschrack. Es war gar nicht ihr Ernst, im Mor=
genthau herum zu waten; und allein mit dem Haupt=
mann — früh um vier Uhr — im Thiergarten — wenn
sie Jemand sehe, was würden die Leute denken? — Sie
ergriff auf gut Glück ein Mittel, sich aus dieser neuen Ver=
legenheit zu ziehen. »Wenig Schritte von hier,« sagte sie,
»wohnt meine Cousine, sie liebt die Morgenspazirgänge;
lassen Sie uns vor ihrer Thür halten, und sie mitneh=
men.«

»Recht gern,« versetzte der Hauptmann. Der Kutscher
erhielt Befehl zu der Cousine zu fahren, und in zwei Mi=
nuten waren sie dort. Die Hausthür war noch verschlossen,
man klopfte lange, ein gähnender Bedienter trat endlich
heraus: »Die gnädige Frau schläft noch.« Man muß sie
wecken,« sagte Emilie. »Erlauben Sie, Herr Hauptmann,

XXII.   10

daß ich Sie auf einen Augenblick verlasse, und selbst hin=
aufgehe." Sie sprang aus dem Wagen, hüpfte leicht und
froh die Treppe hinan, stürmte in's Schlafzimmer, und
riß die Bettvorhänge auf. »Um Gottes willen! liebe
Cousine, du mußt sogleich mit spazirenfahren. Unten
im Wagen sitzt der Hauptmann B—, ich kann ihn nicht
los werden, er will mich begleiten, ich mag mich nicht
allein mit ihm sehen lassen; geschwind! geschwind! kleide
dich an, und komm mit uns."

Aber die arme Cousine hatte einen gewaltigen Schnu=
pfen, sie schlug es rund ab. »Bleib lieber bei mir zum Früh=
stück," sagte sie, »und laß den Hauptmann nach Hause
fahren."

»Auch das, wenn du meinst; wenn ich nur seiner über=
lästigen Höflichkeit entgehe." Sie schickte herunter, ließ
sich entschuldigen, ihre Cousine habe den Schnupfen u. s. w.
Kurz, sie werde nicht nach dem Thiergarten fahren, und
lasse den Herrn Hauptmann bitten, sich des Miethwagens
zu bedienen, um sich nach Hause bringen zu lassen.

Der Hauptmann ging lieber zu Fuß. Er stieg aus,
der schöne Morgen lockte ihn; gehe ich nach Hause, dachte
er, so störe ich meine Frau im Schlafe; der Einfall eines
Spazirganges in dieser erfrischenden Morgenluft war köst=
lich, und ich will ihn allein ausführen. So schlenderte er
nach dem Thiergarten, wo er die Alleen der Kreuz und
Quere durchstrich.

Emilie blieb kaum eine halbe Stunde bei ihrer Cou=

fine. »Nun," dachte sie, als sie sich in ihren Wagen warf,
»liegt der Hauptmann schon in den Federn. Der Morgen
ist wirklich reizend, die Sonne hat den Thau schon aufge=
leckt, aller Schlaf ist mir vergangen, jetzt will ich im Ernst
spaziren fahren."

Zehn Minuten nachher stieg sie wirklich im Thiergar=
ten aus und in der eilften begegnete ihr der Hauptmann.
Schrecken und Verlegenheit bemächtigten sich ihrer auf's
neue, als sie ihn von ferne erblickte; aber was war zu thun?
Ihm ausweichen wäre unschicklich gewesen, er hatte sie
schon erkannt. Was wird er denken? soll er glauben, sie
verachte oder fürchte ihn? Das erste verbietet ihr Herz, das
zweite ihr Stolz. Sie rafft als eine Frau, die mit dem
Ton der großen Welt vertraut ist, alle ihre Fassung zu=
sammen, geht lachend auf ihn zu, und spricht, sobald sie
ihm so nahe ist, daß er sie hören kann: »Nicht wahr, lieber
Hauptmann, die Weiber haben Launen? in diesem Au=
genblicke wollen sie, in jenem wollen sie nicht. Fordern Sie
ja keine Rechenschaft von mir, warum ich just doch hier
bin? ich weiß Ihnen keinen Grund anzugeben, als meine
Laune. Der Himmel scheint nun einmal beschlossen zu
haben, daß wir diesen Morgen mit einander spaziren=
gehen sollen, und also bitte ich um Ihren Arm."

Mit erkünstelter Unbefangenheit und unter gleichgil=
tigen Gesprächen voll erzwungener Lustigkeit ging sie eine
halbe Stunde mit ihm auf und nieder. Jetzt fing der Himmel an, sich ein wenig zu bewölken, und Emilie ergriff mit

10 *

Freuden diesen Vorwand, ihrer drückenden Lage ein Ende zu machen. Empfehlen Sie mich Ihrer Frau," sagte sie, sprang in den Wagen, und fuhr nach Hause.

Der Zufall wollte, daß der Hagestolz, bei welchem Graf S— gespeist hatte, sich durch eine Aalpastete eine heftige Kolik zuziehen mußte. Die Freude des Tages war gestört, der Wirth wurde zu Bett gebracht, und die Gäste zerstreuten sich. So geschah es, daß der junge Graf schon Abends um eilf Uhr nach Hause kam, wo er erfuhr, Emilie sei bei der Hauptmännin B—. Das befremdete ihn weiter nicht, er ging ruhig auf und nieder, und dachte bei sich selbst, die Gegenwart der Hauptmännin ist mir ein sicherer Bürge, daß dort alles in den Grenzen des Wohlstandes bleibt. Aber es schlug ein Uhr, und Emilie kam noch nicht. Es schlug zwei, und sie kam noch nicht.

Nun wurde er unruhig. Was soll das heißen? so lange bleibt sie nie. Er zählte jede Minute, und hörte jeden Glockenschlag. Wenn in der Ferne ein Wagen rasselte, »das ist sie," dachte er, und sie war es nicht. Wenn er einen Fußtritt auf der Straße hörte, »da kommt sie!" rief er, und sie kam nicht. So lange es dunkel war, standen seine Ohren auf der Lauer, nicht das kleinste Geräusch entging ihm, und alles hatte Bezug auf Emilien. Bei einem Arzte in der Nachbarschaft wurde angeklopft, »sollte sie," dachte er »krank geworden sein?" — Eine Bande Musikanten zog die Straße herauf, »die sollen ihr vielleicht gar ein Ständchen bringen.«

Es war die fürchterlichste, langweiligste Nacht, wie sie nur ein verirrter Wanderer im Walde zubringt. Er hätte nur hinschicken, nur fragen lassen dürfen: wo bleibt meine Frau? — aber das wollte er nicht; »ich will doch sehen, wie weit sie es treiben wird,« dachte er; »weiß sie, daß ich zu Hause bin, so besinnt sie sich unterdessen auf das X, welches sie mir für ein U verkaufen will. Wird sie aber durch meinen plötzlichen Anblick überrascht, so hat sie nicht Zeit, sich vorzubereiten, und ich lese vielleicht auf ihrer glühenden Wange das Bekenntniß ihrer Schande.«

Endlich wurde es Tag, und nun wurden seine Ohren von den Augen abgelöst. So oft er die Länge des Zimmers mit schnellen Schritten maß, so oft trat er auch an's Fenster, und schaute die Straße hinab, woher Emilie kommen mußte, und sah auch auf die andere Seite, von wo sie unmöglich kommen konnte. Seine Unruhe wuchs mit jeder Minute. Er wollte sich beschäftigen, es ging nicht; er blätterte in einem Journal, sah starr auf die Buchstaben und las nicht. Er setzte sich an's Klavier, griff einen Accord, und die Hand blieb ausgespreizt auf den Tasten liegen. Es schlug sechs, er wollte rasend werden; es schlug sieben, er hielt nicht länger aus.

»Wenn die Gräfin nach Hause kommt,« sagte er zu dem Kammerdiener, »so sage ihr, ich sei auf's Kaffeehaus gegangen, um dort zu frühstücken.«

Das war die fünfte kleine Lüge, denn er ging nicht auf's Kaffeehaus, sondern gerade zum Hauptmann B—.

Laura hatte die Nacht ungefähr eben so zugebracht, als der Graf, und noch etwas schlimmer, denn sie liebte ihn von ganzem Herzen. Einen Trost hatte sie aber doch gehabt, der Weibern immer zu Gebote steht, nämlich Thränen, das sah der Graf an ihren rothgeweinten Augen, er sah es und zitterte. »Ist meiner Frau ein Unglück zugestoßen?« rief er Lauren hastig entgegen.

Laura. Das will ich nicht hoffen.

Der Graf. Ist sie denn nicht mehr hier?

Laura. Schon seit dritthalb Stunden hat sie mich verlassen.

Der Graf. Gesund und wohl?

Laura. Vollkommen.

Der Graf. Wo fuhr sie denn hin?

Laura. Mein Gott, nach Hause.

Der Graf. Nach Hause? — aber da ist sie nicht, ich komme von Hause.

Laura (sehr bewegt). Nun so weiß ich nicht — wo sie sein mag —

Der Graf. Fuhr sie denn ganz allein?

Laura (mit verhaltenen Thränen). Mein Mann hat sie begleitet.

Der Graf. Wahrhaftig? — und schon dritthalb Stunden sind sie fort? — das ist doch sonderbar —

Laura zitterte am ganzen Leibe. Sie hätte gern ihren Thränen freien Lauf gelassen, aber dann war alles verrathen, was in ihr vorging. Die Furcht, einen Argwohn

in dem Grafen zu erwecken, den er vielleicht noch nicht
kannte, und dadurch Gelegenheit zu einem Zweikampfe zu
geben, der das Leben ihres Mannes auf das Spiel setzte,
hielt sie zurück. Sie verstellte sich so gut sie konnte, und
ließ die Flamme nur innerlich toben. Eben so der Graf,
dem seine lange Uebung in den Verstellungskünsten der
großen Welt statt jener Furcht diente, und der es über sich
gewann, so lange bei Lauren auszuhalten, bis ihr Gemahl
zurückkäme. Sie beschlossen mit einander zu frühstücken,
die Chokolade wurde gebracht, man setzte die Tassen an
den Mund, man brach einen Zwieback, aber die Tassen
blieben voll, und die Krumen des Zwiebacks im Halse
stecken. Nie waren wohl zwei Menschen, einer von des
andern Gegenwart, so gedrückt und gepreßt. Sie saßen auf
Kohlen und Stecknadeln.

Zu großer Erleichterung beider Theile meldete man den
Doktor Waschhaus, welcher gekommen war, sich nach
dem Befinden der gnädigen Frau zu erkundigen. Er wurde
sogleich hereingeführt, ein kleines feines Männchen, eine
Frau Gevatterin, eine Chronik der Stadt. Man fand ihn
überall, er wußte Alles, lachte über Alles, sagte Alles,
was ihm in den Mund kam, und galt für einen angeneh=
men Gesellschafter. Kaum hatte er bemerkt, daß Laura zer=
streut und der Graf einsilbig war, als er alle seine Künste
hervorsuchte, sie aufzuheitern. Es gelang ihm nicht.

Er faßte Lauren an den Puls. »Ihr Blut ist in Wal=
lung, gnädige Frau.«

»Das kann wohl sein.«

»Was fehlt Ihnen?«

»Nichts.«

»Also nur eine schöne Laune, eine liebenswürdige Grille. Wissen Sie auch,« setzte er mit einer Schalksmiene hinzu, »daß es nur bei mir steht, Ihre Laune in Ernst zu verwandeln?«

»Wie so?«

»Nun — der Herr Hauptmann —«

»Der Hauptmann? was hat er gethan?« rief Laura lebhaft.

»Das mag er selbst am besten wissen. Ich weiß weiter nichts, als daß ich ihn vor einer halben Stunde im Thiergarten gesehen, nicht weit vom Jägerhaus, und zwar in Gesellschaft einer schönen wohlgewachsenen Dame.«

Sehr möglich, sagte Laura mit einem Tone, der gleichgiltig sein sollte, aber von der Glut ihrer Wange Lügen gestraft wurde. Wahrhaftig? sagte der Graf mit einem Tone, der eine Frage bedeuten sollte, aber die Frage schwamm in bitterer Galle. Er schluderte sein Stockband hastig hin und her, und Lauren riß der Zwirn an ihrem Filet.

Doktor Waschhaus merkte Unrath. Er wollte einlenken. »Ich hoffe, gnädige Frau, Sie werden Scherz verstehen, sagte er; »denn ob ich gleich die Dame, mit welcher Ihr Herr Gemahl spaziren ging, in der Ferne nicht erkannt habe, so war sie doch so rechtlich gekleidet, und ihr ganzer Anstand verrieth, daß es keine gemeine Dirne war.«

Das fehlte nur noch, um die beiden gequälten Eheleute auf's Aeußerste zu treiben. Angst und Wuth waren in jeder Bewegung sichtbar. Die Lippen sprachen nicht, aber sie zitterten. Der Doktor vermerkte, daß er überflüssig sei, und wollte sich empfehlen. In diesem Augenblicke trat der Hauptmann herein. Die Gegenwart des Doktors, so leicht sie auch wog, blieb doch immer ein Zaum für den Welt= mann. In einem scherzhaften, sehr mißlungenen Tone fragte der Graf den Hauptmann: »Was haben Sie mit meiner Frau gemacht?"

Der Hauptmann merkte an den verschobenen Zügen seines Gesichts, daß nicht alles war, wie es sein sollte; er sah an den verrätherischen Augen seiner Gattin Spuren vergossener Thränen, ahnete Beider Argwohn, und hielt daher für besser, den Spazirgang im Thiergarten zu ver= schweigen. „Ich habe Emilien bei ihrer Cousine gelassen," antwortete er, »die den Schnupfen hat, und Gesellschaft beim Frühstück wünschte. Was nachher aus ihr geworden, weiß ich nicht."

Das war die sechste kleine Lüge, und der gute Haupt= mann brachte sie nicht ohne Stammeln hervor. Der Graf sagte nichts, es kochte in seinem Busen. Er empfahl sich frostig und ging. Doktor Waschhaus begleitete ihn.

Als die beiden Ehegatten allein waren, kam es bald zu einer wechselseitigen Erklärung, in welcher die biedere Offen= heit des Hauptmanns leicht über jeden Argwohn seiner guten Frau siegte. Aber nun erfuhr er auch mit Schrecken, daß

sein Spazirgang im Thiergarten durch den Doktor Wasch=
haus verrathen sei; er sah, welche Folgen die kleine Lüge
haben könne, die er sich ohne Ueberlegung erlaubt hatte.
Er bat seine Frau, sogleich zu Emiliens Cousine zu fahren,
um mit ihr die Mittel zu verabreden, Emilien vor jeder
Gefahr zu warnen, und besonders ihr anzurathen, ihrem
Manne ja nichts zu verschweigen.

Laura fuhr augenblicklich zu der Cousine. Der Graf
war schon dort gewesen, und hatte theils von ihr, theils
von den Domestiken erfahren, daß Emilie kaum eine halbe
Stunde dort verweilt habe. Mit dieser Bestätigung seines
marternden Argwohns war er fortgestürzt.

Laura setzte sich auf der Stelle nieder und schrieb ein
Billet folgenden Inhalts:

»Liebe Emilie,

Ich bin deinetwegen in der größten Unruhe. Dein
Mann weiß, daß du mit dem meinigen im Thiergarten
warst. Er ist eifersüchtig, und ich gestehe dir, daß ich selbst
mich des Argwohns nicht erwehren konnte. Jetzt — seit=
dem ich meinen Mann gesprochen, bin ich von deiner
und seiner Unschuld überzeugt. Ich weiß, wie der Zufall
mit euch spielte; durch deine Cousine bin ich sogar unter=
richtet, wie herzlich du seine Gesellschaft los zu werden
wünschtest. Ich bitte dich, sei ganz aufrichtig gegen den
Grafen, wie mein Mann es gegen mich war. Es ist das
einzige Mittel, übeln Folgen vorzubeugen.

Deine Laura.«

»N. S. Um den Schein jeder Verabredung zu ver=
meiden, hat der Ueberbringer dieses Befehl, zu sagen,
er komme von deiner Putzhändlerin.«

Das war die siebente kleine Lüge, zu welcher Laura
noch durch die Betrachtung bewogen wurde, der Graf
könne ihr Billet auffangen, und dann Emiliens Aufrichtig=
keit auf die Probe stellen, ohne etwas von dem Inhalte
desselben zu erwähnen.

Emilie war indessen zu Hause gekommen, und hatte
mit Schrecken erfahren, daß ihr Gemahl schon Abends
zurückgekehrt sei, und die ganze Nacht auf sie gewartet
habe. Sie übersah mit einem Blicke ihre unangenehme
Lage. »Und wo ist der jetzt?« rief sie hastig. »Auf einem
nahen Kaffeehause,« war die Antwort.

Froh, noch einige Augenblicke für sich zu gewinnen,
versuchte sie alle ihre Fassung zu sammeln. Aber ehe es
ihr noch zur Hälfte gelungen war, trat der Graf schon
herein. Mit dem ersten Blicke glaubte er die Schuld seiner
Gattin im schnellen Farbenwechsel ihrer Wangen zu lesen.
Schon drohte seine Wuth auszubrechen, doch hielt er noch
an sich, und fragte mit verstellter Gelassenheit: wie und
wo sie die Nacht zugebracht habe?

»Bei dem Hauptmann B — « sagte Emilie stotternd;
»er hatte die Wache — Laura wünschte, ich möchte ihr
Gesellschaft leisten — wir verspäteten uns bei einer ange=
nehmen Lektüre — der Hauptmann kam endlich — wollte
mich nach Hause begleiten — allein ich hielt es für un=
schicklich — und stieg bei meiner Cousine ab —«

Hier stockte sie und schwieg.

»Sie kommen also jetzt von Ihrer Cousine?" sagte der Graf, indem er sie scharf ansah.

Was sollte Emilie antworten? sie hatte einmal gestockt, warum stockte sie? — Das Bekenntniß des Spazirgangs kam nun zu spät — der Graf konnte denken, die Furcht habe es von ihr erpreßt — er konnte Wunder glauben, warum sie diesen Zufall verheimlicht habe, der vielleicht in seinen Augen kein Zufall war — überdies, was wagte sie dabei, wenn sie ihm diese Kleinigkeit verschwieg? — er war ja den ganzen Morgen auf dem Kaffeehause gewesen, er konnte nichts wissen — und wenn sie nun so bald als möglich ihre Cousine benachrichtigte, damit Beide Eine Sprache führten, so vermied sie doch dadurch eine unangenehme Scene. Alle diese Betrachtungen, welche sich blitzschnell in ihrem Kopfe durchkreuzten, waren Schuld, daß sie die a ch t e Lüge aussprach, indem sie die Frage des Grafen, »ob sie jetzt eben von ihrer Cousine komme?" mit Ja beantwortete. Aber dies Ja war so langsam gezogen, es blieb zur Hälfte zwischen den Zähnen, und die brennenden Backen sagten so laut Nein! daß der Graf die Untreue seiner Gemahlin für erwiesen hielt. Gerade den nämlichen Punkt hatte ihm auch der Hauptmann verschwiegen, was war natürlicher, als hier ein geheimes Verständniß zu vermuthen.

Er warf einen verächtlichen Blick auf Emilien und stürzte zur Thür hinaus. Auf der Treppe begegnete ihm der Knabe, der Laurens Billet brachte. »Was willst du?« sagte der Graf ungestüm.

»Ein Billet an die Frau Gräfin.«

»Von wem?«

»Von ihrer Putzmacherin.«

»Gib es her! sie hat jetzt andere Dinge zu thun, als an Hauben und Bänder zu denken.« Mit diesen Worten riß er dem Knaben den Zettel aus der Hand, drückte ihn heftig zwischen den Fingern zusammen, und schob ihn ungelesen in die Tasche.

Wie ein Unsinniger rannte er fort, geradesweges hin zum Hauptmann, wo er aber Niemand zu Hause fand. Er schrieb auf eine Karte: »Der Graf S— erwartet den Herrn Hauptmann von B— im Gasthofe zum goldenen Löwen, und bittet denselben, seinen Degen nicht zu vergessen.«

Der goldene Löwe war nur wenige Schritte von der Wohnung des Hauptmanns entfernt. Der Graf ging dahin und forderte ein Zimmer im Hinterhause und eine Flasche Wein. Er erhielt beides, schloß sich ein, klingelte nach einer halben Stunde, und forderte die zweite Flasche. Man brachte sie ihm. Die Leute im Hause merkten freilich etwas Heimliches an ihm, der Kellner machte sich im Zimmer zu schaffen, um ihn durch Seitenblicke zu bewachen. Er saß und kaute an den Nägeln, und stürzte den Wein hinunter. Es währte lange, ehe er die Gegenwart des Andern gewahrte, und als es endlich geschah, jagte er ihn mit Ungestüm zur Thür hinaus.

Indeſſen hatte ſein letzter Blick auf Emilien, voll Wuth und Verachtung, das arme Weib in die grauſamſte Unruhe verſetzt. Von banger Ahnung getrieben, ſchrieb ſie ein verwirrtes Billet an die Couſine, und ein noch verwirrteres an den Hauptmann, worin ſie beide von dem Geſchehenen unterrichtete, und bat, ihre Ausſage zu beſtätigen, im Fall der Graf Erkundigungen einziehen ſollte.

Die Couſine empfing dies Billet zugleich mit der Nachricht von dem Verunglücken des ihrigen. Laura zitterte, und warf ſich haſtig in den Wagen, um ihren Mann zu warnen. Sie kam zu ſpät. Der Hauptmann hatte bereits ſowohl die Karte des Grafen, als das Billet der Gräfin empfangen, und ſich auf der Stelle in den goldenen Löwen begeben.

Er fragte nach dem Grafen, man zeigte ihm das Hinterzimmer. Er trat hinein, und grüßte höflich. Der Graf ſprang auf, erwiederte ſeinen Gruß nicht, lief nach der Thür und verriegelte ſie. Darauf wandte er ſich trotzig zu ſeinem Gegner, und ſagte mit beleidigendem Uebermuth: »Mein Herr, Sie haben mich verſichert, Sie hätten meine Frau nicht wieder geſehen, nachdem ſie bei ihrer Couſine ausgeſtiegen. Ich frage Sie jetzt zum letzten Male, iſt das wahr oder nicht?«

Dieſe Art zu reden war der Hauptmann gar nicht gewohnt. Er wurde hitzig und antwortete: »Mein Herr, wenn ich etwas behaupte, ſo haben Sie kein Recht daran zu zweifeln.«

So beſtätigte er durch eine **neunte Lüge** die vorherge=
henden. Die Folge davon war, daß der Graf wüthend den
Degen zog, auf ihn einbrang, und in wenig Minuten ihn
durch einen Stich in die Bruſt zu Boden ſtreckte.

Die Leute im Hauſe hatten das Klirren der Degen ge=
hört. Man ſprengte die Thür — zu ſpät! — Der Haupt=
mann wälzte ſich in ſeinem Blute. Man ergriff den Thäter,
und ſandte nach einem Wundarzt.

Der Hauptmann fühlte, daß ſeine Wunde tödtlich ſei.
Röchelnd bat er die Umſtehenden, ihn noch einen Augenblick
mit ſeinem Gegner allein zu laſſen. Die Bitte eines Ster=
benden hat unwiderſtehliche Kraft. Alles entfernte ſich,
und man bewachte die Thür von außen, um den Grafen
nicht entwiſchen zu laſſen. Dieſer war jetzt vollkommen
wieder bei ſich. Das Blut, welches er fließen ſah, hatte
ſeine Rache geſättigt, ſeinen Groll vertilgt. Mit Rührung
und Mitleid ſah er auf den Verwundeten herab, der ihn
mit leiſer Stimme bat, neben ihn nieder zu knien, um ſeine
letzten Worte zu hören.

»Ich ſterbe,“ — ſagte er, — »trauen Sie dem Bekennt=
niß eines Sterbenden. — Ihre Frau iſt unſchuldig — und
ich bin es — ich verzeihe Ihnen — (hier drückte er ihm
ſanft die Hand) — retten Sie ſich, — ſein Sie der Be=
ſchützer meines Weibes — und der Vater meines noch un=
gebornen Kindes. — Fliehen Sie (er zeigte mit der Hand
auf das offene Fenſter) — eilen Sie — fort! — fort!“ —

Mehr konnte er nicht hervorbringen. Das Röcheln des

Todes erstickte schon seine letzten Worte. Der Graf behielt kaum so viel Besinnung übrig, den Rath des Sterbenden zu befolgen. Er sprang aus dem Fenster in den Hof, entwischte durch eine Hinterthür, warf sich in einen Miethwagen und floh. In fürchterlicher Betäubung kam er bis auf die Grenze. Dort wollte der Zufall, daß ihm auch noch Laurens Billet in die Hände fiel, welches er in seiner Rocktasche vergessen hatte. Es enthielt die Bestätigung von der Unschuld seines Weibes.

Er schrieb einen Brief an Emilien, welcher von der Zerrüttung seiner Sinne zeugte. Er nahm auf ewig Abschied von ihr, und man hat nachher nie wieder etwas von dem Unglücklichen gehört.

Laura ward von einer unzeitigen Frucht entbunden, und schwebte lange in Gefahr des Todes. Emilie verweinte Tage und Nächte an ihrem Lager.

Das ist die Dame in der Laube, welche, in düsteres Nachdenken versunken, mit ihrem Spazirstocke die Buchstaben in den Sand zeichnet; und die blasse Dame in tiefer Trauer, deren Thränen immer neu hervorquellen, ist Laura. So haben neun kleine, unschuldig scheinende Lügen, einem Biedermanne das Leben gekostet, und drei gute Menschen unaussprechlich elend gemacht.

Der Tod.

(Fragment aus einem Briefe des Seneka.)

— Erinnere dich des frohen Augenblicks, als du das Knabengewand gegen das Gewand des Jünglings ver=tauschtest; als man dich zum ersten Male auf den Markt unter deine Mitbürger führte. Was wirst du erst fühlen, wenn du nicht das Gewand, sondern den Geist der Kindheit abschüttelst; wenn du nicht Bürger, sondern Mensch wirst.

— Ach! daß der Greis mit finsterer Strenge auch noch alle Fehler und Gebrechen der zarten Kindheit verbindet! ohne durch kindische holde Unbefangenheit das Saure zu versüßen. Die kleinste Ursach macht das Kind zittern; der Greis zittert oft ohne alle Ursach.

Kann denn das ein Uebel sein, dessen Anfang wie das Ende in einen einzigen Augenblick verschmolzen sind? Du kannst nie sagen: der Tod kömmt; er ist entweder noch nicht da, oder er ist schon da gewesen.

Es ist schwer, sprichst du, den Tod zu verachten? — O es ist leicht! und die elendesten Gründe haben oft dazu hingereicht. Der Eine erhängt sich an der Thür eines Wei=bes, um ihre Sprödigkeit zu bestrafen. Der Andere stürzt sich von der Höhe eines Daches herab, um dem ewigen Schelten seines zornigen Herrn zu entgehen; der Dritte stößt sich einen Dolch in die Brust, um auf der Flucht nicht

XXII.   11

lebendig ergriffen zu werden. Was der Furcht so oft ge=
lang, sollte es der Tugend mißlingen?

— Gleich dem Unglücklichen, der in einen Strom fällt,
unterläßt der Mensch nichts, um sich gegen den Strom
der Jahre zu erhalten. Büsche, Dornen, Zweige, alles er=
greift er, um nicht mit fortgerissen zu werden. Vergebens!
Schwankend zwischen Leben und Tod, gemartert von den
Qualen des Einen und der Furcht vor dem Andern, weiß
der Mensch weder zu leben noch zu sterben. Das einzige
Mittel, das Leben ruhig zu genießen, ist, es gering zu schä=
tzen. Man sollte nur das mit Vergnügen besitzen, was man
ohne Kummer zu verlieren bereit ist. Und welcher Verlust
ist leichter zu tragen, als der, den man nicht einmal mehr
beklagen kann, nachdem er uns getroffen hat.

— Sei gefaßt auf Alles. Das Glück erhebt seinen
Günstling nie so hoch, daß es ihm nicht im nächsten Augen=
blicke mehr rauben könnte, als es ihm je schenkte. Zittere
vor keinem Feinde, weil er gewaltig ist; das schwächste Kind
kann dich umbringen.

Ich werde gefangen, der Sieger läßt mich zum Tode
schleppen — was kümmert's mich? — — Begreifst du nicht,
daß man dich schon lange vom Tage deiner Geburt an zum
Tode schleppte?

— Genieße ruhig, was die Natur dir gab, sie hat das
Nothdürftige dir so nahe gelegt. Nur das Ueberflüs=
sige kostet Mühe. Nur um Ueberfluß treibt man sich
in Städten rastlos durch einander, wird man grau unter

den Waffen, und trotzt den Gefahren des Meeres. Das Nothdürftige liegt neben uns — und es gnügt!

———

So spricht Seneka. Aus ganz andern Gründen hat ein Neuerer die Furcht vor dem Tode bestritten. Herr de Manse, Mitglied der vormaligen Akademie der schönen Wissenschaften zu Besiers, behauptete einst in einer Rede: der Mensch sterbe nicht allein ohne körperlichen Schmerz, sondern sogar mit angenehmen Empfindungen. Er citirt eine Menge Schriftsteller, welche alle vom letzten Augenblicke des Lebens als einem wollüstigen Augenblicke reden. Plato und Carbanus versichern sogar, daß selbst eine gewaltsame Todesart diese Gefühle nicht ausschließe. Sie haben Recht, wenn es wahr ist, was ein angesehener Offizier mir erzählt hat; daß er nämlich, nach einer Schlacht mit den Türken, eine große Menge Leichname gesehen, denen die Köpfe fehlten, die aber übrigens noch im Tode eine gewisse körperliche Kraft, wozu man freilich den Kopf nicht braucht, auf eine sehr unzweideutige Art äußerten.

Indessen versteht es sich von selbst, daß Herr de Manse nicht von allen den Schmerzen und Qualen redet, die vor dem Tode herzugehen pflegen; sondern allein von jenem letzten Augenblicke, welchen Epictet des Lebens Reife nennt.

Ist es wahr, daß Jeder in sein Grab geht, mit eben den Empfindungen wie ein Bräutigam in seine Kammer; nun so laßt uns ruhig ein Vergnügen erwarten, welches

11 *

kein Mensch auf der Welt uns rauben kann. Sammelt und spart, versorgt euch mit allem Nothwendigen, indessen das Schiff noch vor Anker liegt, damit es euch einst auf dem Meere der Ewigkeit an nichts fehle. — Wir fürchten uns vor dem Tode, wie die Kinder vor der Finsterniß, wir können ihm eben so wenig als der Sonne grade in's Gesicht sehen, und doch hätte nur der erste Tod, wie die erste Nacht, Furcht und Zittern erregen sollen. Freilich, den Anbruch des Morgens sehen wir, und den Anbruch jenes ewigen Tages hoffen wir nur!

Viele Völker lassen sich ungern an den Tod erinnern, sie mögen ihn gar nicht nennen hören, und haben Umschreibungen dafür erfunden. »Er ist vorübergegangen," spricht der Perser, oder auch, wenn er recht höflich sein will, »er hat dir den Theil seines Lebens geschenkt, den er nicht mehr genießen konnte." Fragt man den Wilden in Kanada: »Was macht dein Vater?" — so antwortet er nicht: »Mein Vater ist todt," sondern: »Mein Vater war ein guter Mann." Die Otaheiter sagen: »Die Seele verweilt im Dunkeln." Selbst die Griechen bedienten sich eines Wortes, welches unübersetzbar ist, und ungefähr den Begriff erweckte: »Er ist nicht mehr unter den Gebornen." Von einem Kranken ohne Hoffnung der Genesung pflegten sie zu sagen: »Er bedarf nichts mehr als Epheu," weil man damit die Gräber zierte. »Ich werde aus der Gesellschaft der Menschen weggehen," sagte Plato. »Er war, er hat gelebt," sprachen die Römer.

Nur ein einziges Volk, die Gabitaner, errichteten dem Tode einen Altar, und sangen ihm Päane. »Wir machen euch das nicht nach," riefen die Römer und Griechen, »wozu soll man den Tod verehren? er ist doch unerbittlich."

Freilich ist er unerbittlich, und wehe uns, wenn er es nicht wäre! welcher Trost bliebe dem Kranken, dem Unglücklichen, dem Greise?

Ein guter Mensch, wenn es mit ihm zum Sterben kommt, hat nichts zu thun als zu sterben, und das ist leicht. Wer keinen Defekt in der Kasse nachläßt, braucht keine Rechnung abzulegen. Schwachheiten sind allenfalls verschwendete Zinsen, nur Verbrechen greifen das Kapital an.

Wer sterben lernte, hat ein Sklave zu sein verlernt. Wer die Menschen sterben lehrte, würde sie leben lehren. Der Tod grinst uns in tausend Gestalten entgegen, wir fürchten uns vor allen diesen Gestalten, und er kann uns doch nur in einer überraschen. Wir weinen, daß wir um hundert Jahre nicht mehr leben werden; warum weinen wir denn nicht, daß wir vor hundert Jahren nicht gelebt haben? Beides kommt doch auf Eins heraus. Das Sterben ist unangenehm — mag sein! aber der Tod ist nichts. Er kommt, oder er ist schon vorüber, in ihm ist keine Gegenwart. Wir haben keinen Sinn für unsers Daseins Anfang und Ende.

Nur die Anstalten sind schrecklich. Eine jammernde Gattin, weinende Kinder, klagende Bediente, erschrockene

Freunde, der Arzt mit seiner bedenklichen Miene, der Pre-
diger mit seinen unnützen Trostgründen, ein dunkles Zimmer, schwachschimmernde Lampen, Arzneigläser — das
Alles macht sinnliche Eindrücke, die den Muth wegschwem-
men. Selig, wen ein Blitz oder ein Schlagfluß plötzlich da-
hinrafft! wohl ihm! aber freilich wehe den Umstehenden!
ihr Jammer verdoppelt sich.

O ihr! die ihr einst um mein Lager stehen werdet, wenn
meine letzte Stunde kommt, ich bitte euch, weint nicht!
macht das Zimmer hell, und öffnet die Fenster. Laßt Flö-
ten und Klarnetten vor meine Thür kommen, und ein
sanftes Lied blasen, kein Sterbelied, nein, Schiller's Lied
an die Freude; damit man einst von mir sagen könne: sein
Tod war der schöne Abend eines oft trüben
Tages. Wollt ihr den letzten, vielleicht thörichten Wunsch
eures Freundes erfüllen, so begrabt seinen Leichnam
nicht, verbrennt ihn zu Asche.

———

Hier noch zum Schluß eine fürchterliche und eine
lächerliche Beschreibung des Todes.

Sein Palast, sagten die alten nordischen Völker, ist die
Angst, sein Tisch der Hunger, seine Diener Erwar-
tung und Zögern; die Thürschwelle der Abgrund;
sein Bette die Magerkeit. Fahl ist die Farbe seines Gesichts, und schauerlich sein Blick.

Dagegen schrieb Philander von Sittewald im Jahr

1650 satyrische Gesichte, unter andern das Tod=
tenheer, in welchem folgende Stelle vorkommt:

»Ich sah den alten Tod auf seinem Throne sitzen, und
um ihn her viele andere kleine Töblein, als: den Tod der
Liebe, des Hungers, des Verdrusses, der Scham, des Ver=
langens, des Lachens u. s. w. Der Tod der Liebe hatte
kein Hirn in seinem Kopfe, und damit er deswegen nicht
zu Boden fiele, so waren um ihn her Pyramus und This=
be, Leander und Hero; diese waren balsamirt mit den aller=
süßesten Amadissen, und wohlriechendsten Schäfer=Idyllen.«

Der Tod hat seitdem eine Veränderung in seinem Rei=
che vorgenommen; denn da es dem guten Pyramus und
dem großen Schwimmer Leander allzusauer wurde, den
hirnlosen Liebestod länger zu halten, so haben Werther und
Siegwart dies Amt übernehmen müssen, die man denn
auch wohl wieder zu ihrer Zeit ablösen wird.

Das Johanniswürmchen.

Es war einmal ein vernünftiger Vater, der seine Söhne
vernünftig erzog. Trotz dessen bekam Einer von den Kna=
ben einen gewaltigen Hang zur Dichtkunst. Die Familie
wohnte auf dem Lande, und der Knabe sang seine Lieder
der Sonne wie der Grasmücke, dem lilienweißen gnädigen
Fräulein, wie der braungebrannten Bauerdirne. Wenn er

nun so ein Liedchen fertig hatte, so trug er es im ganzen
Dorfe herum, und las es Jedermann vor, sogar dem tauben Nachtwächter.

Seine Mutter freute sich sehr, und auch der Vater lächelte bisweilen freundlich, denn der Junge hatte wirklich
Kopf, und seine Lieder waren recht artig. Im Dorfe galt
er vollends für einen großen Poeten. Seine Muse ver-
sorgte den Küster mit Neujahrwünschen, und die hochadeligen Kinder mit Gratulationsgedichten an Geburtstägen
ihrer hochadeligen Eltern.

Als er nun heranwuchs, bildete er sich ein, es sei was
Rechts mit ihm, und er habe die wahre poetische Ader. Er
wünschte daher sehnlich, auch außer seinem Dorfe zu leuchten, und meinte, es könne ihm nicht fehlen, daß die litera-
rischen Sterngucker mit großem Geschrei verkünden würden: ein neues Gestirn ist am Dichterhorizont aufgegan-
gen! Er fürchtete sich auch gar nicht vor der allgemeinen
Literaturzeitung, denn sein Vater hatte mit dem Redacteur
dieser Zeitung studirt, und ihm erzählt, daß die Herren Re-
zensenten eben so oft aus Freundschaft ein Auge zudrücken,
als aus Feindschaft einen salva venia Mund aufthun.

Den ersten Versuch wagte er ganz im Stillen, indem
er ein paar Lieder an Sonne, Mond und Sterne, Quellen
und Wasserfälle, an Bürger sandte, um sie in den Mu-
senalmanach einzurücken. Mit Zittern und Zagen wartete
er auf Antwort; sie kam nicht. »Bürger hat viele Ge-

schäfte," tröstete er sich, »oder er muß heirathen; der Druck meiner Lieder ist die beste Antwort.«

Mit Angst und Begierde harrte er nun auf die Erscheinung des Musenalmanachs selbst. Er kam endlich. Hastig blätterte der junge Dichter das ganze Büchlein durch und wieder durch, aber keine seiner Sonnen leuchtete, keine seiner Quellen murmelte darin.

»Das ist Neid,« sprach er zu sich selbst: »Bürger will den Keim meines Ruhms ersticken, aber eine starke Pflanze schießt hervor, wenn auch eine Erdscholle darauf liegt.« Flugs beschloß er die Welt mit einem Bändchen vermischter Gedichte zu beschenken, und da kein Buchhändler es mit ihm wagen wollte, so blieb ihm nichts anders übrig, als die Kinder seines Geistes auf eigene Kosten drucken zu lassen. Er fand dabei nur ein einziges kleines Hinderniß, er hatte nämlich kein Geld. Was war zu thun? er mußte sich an seinen vernünftigen Vater wenden.

An einem schönen Sommerabend saß der Alte vor der Thür und schmauchte sein Pfeifchen. Der Sohn eröffnete ihm sein Anliegen. Der Alte lachte, und sagte: Du bist nicht recht gescheit.

»Aber mein Vater, Sie haben mir selbst oft gesagt, ich hätte Anlage zum Dichten?«

Der Vater. Blüten, mein Sohn, nicht alle Blüten setzen Früchte an.

Der Sohn. Aber auch Blüten sind lieblich.

Der Vater. Freilich, sie sind die Hoffnungen des Gärt=

ners. Bleiben es aber Blüten, so kann er sie doch nicht für
Früchte verkaufen.

Der Sohn. Aber das ganze Dorf läßt mir Gerechtig=
keit widerfahren, die gnädigen Fräulein singen sogar meine
Lieder am Klavier.

Der Vater. Mag alles sein. Unser Dorf ist nicht die
Welt. — Sieh das Johanniswürmchen da im Grase, es
leuchtet lieblich, es ergötzt das Auge. Nun gib Achtung. (Er
stand auf und ergriff das Johanniswürmchen.) Folge mir!
(Er ging in das Zimmer, wo mehrere Lichter brannten.)
Glänzt es nun noch? ist es jetzt etwas mehr als ein schwar=
zes unbedeutendes Insekt? —

Zieh dir daraus die Lehre, mein Sohn, daß ein Johan=
niswürmchen wohl im Grase leuchten kann; daß es an
einem schönen Sommerabend im Haar eines Landmädchens
lieblich glänzt; daß es aber thöricht wäre, wenn eine Hof=
dame auf einem Balle statt der Brillanten Johannis=
würmer in den Haaren trüge; und noch thörichter, wenn
das kleine Ding sich selbst einbildete, es überstrahle den
Schimmer von hundert Wachskerzen.

Die Ehrlichkeit.

Man schenkte mir einmal ein großes Stück Kuchen.
Ich konnte es nicht ganz aufessen, aber weil es mir gut

schmeckte, so wollte ich den Ueberrest zum Vesperbrot auf=
sparen, und legte ihn ziemlich hoch auf einen Schrank. Dar=
auf setzte ich mich in den Lehnstuhl, um Mittagsruh zu
halten. Mein Hund stand neben mir, schnupperte nach dem
Kuchen, sah mich an, und als er merkte, daß nichts zu hoffen
sei, legte er sich nieder.

Ich schlief nicht, denn ich hatte andere Dinge im Kopfe,
und er schlief auch nicht, denn seine Augen waren immer
nach dem Kuchen gerichtet. Siehe da kam Miezchen, mein
Hauskater, strich sich ein paarmal vertraulich am Stuhl=
bein, und als ich keine Notiz von ihm zu nehmen schien,
sprang er auf einen Sessel, von dem Sessel auf den Tisch,
und vom Tische auf den Schrank, wo der Kuchen lag. Zu
gleicher Zeit hüpfte und flatterte eine zahme Elster herbei,
welche eben so giltige Ansprüche als Miezchen auf den Ku=
chen zu haben glaubte.

Schon hatten sie sich der Beute bemächtigt. Miezchen
brummte und fraß. Die Elster schnatterte und pickte. Mein
Hund sah starr hin und knurrte, dann sah er mich an und
winselte, als wollte er sagen: steure doch den Unfug. Ich
stand auf, nahm den Kuchen weg, und legte ihn neben mich
auf einen Stuhl. »Du, ehrlicher Hund," sprach ich, »sollst
mir den Kuchen bewachen. Du wirst mich nicht bestehlen!"
Darauf schlummerte ich ein wenig, und als ich erwachte,
hatte der Hund den Kuchen aufgefressen.

So geht es! dachte ich bei mir selbst; so mancher
passirt für einen ehrlichen Mann, weil er die
Kräfte nicht hat, ein Schurke zu sein.

———◆———

Beim Anblick eines reizend gelegenen Lustschlosses.

———

Ha! wäre dieses Lustschloß mein;
Und ich und Minna ganz allein
Die seligen Bewohner dieser Zimmer! —
　　Ja, aber lieben müßte sie mich immer,
　　Und verliebt müßt' ich auch immer sein.

———◆———

An Bav in Wolfspelze.

———

In einem Wolfspelz prangt Herr Bav.
Wie muß der Gläubige und Orthodox erschrecken!
Es sollte, nach der Schrift, das Schaf den Wolf bedecken,
Hier aber deckt der Wolf das Schaf.

———◆———

Der Bramine.

Ein Bramine saß vor seiner Thür, und segnete einen euro=
päischen Missionär, der eben von ihm ging, und ihn sanftmü=
thig verfluchte. Siehe da trat vor ihm ein Indianer aus dem
Stamme der Wassiers, welcher Handlung trieb, und viel
Verkehr mit Fremdlingen hatte. »Ehrwürdiger Greis,«
sprach er, »ich bin hoch betrübt ob des Bösen, welches so
oft in mir das Gute erstickt. Ich war ein Handelsmann
schlecht und recht, habe mit Wenigem angefangen, und bin
reich geworden durch Arbeit und Fleiß. Aber mit dem Reich=
thum ist die Sorge in mein Haus gezogen, und die schwerste
ist die Sorge um mein gutes Gewissen; denn das läßt sich
nicht kaufen weder an der Goldküste Orira noch jenseit des
Meeres. Brama ist mein Zeuge, und Wischnu und alle
Götter, daß ich es ehrlich meine, und gern immer gerecht
und gut sein möchte. So sage mir, Lieber, wie geht es denn
zu, daß ich zuweilen in Einer Stunde gut und schlecht
bin, und an einem Tage zwanzigmal gut und zwanzigmal
schlecht?«

»Gestern Morgen kam ein armer Biedermann meines
Stammes zu mir, der mit Weib und Kindern darbte, und
suchte Hilfe bei mir. Ich half ihm, das machte mich froh
und wohlgemuth. Eine Stunde nachher erhielt ich die
Nachricht von Madras, daß ein Engländer mich um eine
ansehnliche Partie Waren betrogen habe. Ich fluchte ihm,

der doch auch mein Bruder ist, und kurz darauf schlug ich
einen Knecht um eines geringen Versehens willen. Gegen
Abend ging ich mit meinen Kindern lustwandeln unter den
Palmen. Sie spielten und gaukelten um mich her, die Abend=
sonne sah uns freundlich an, das machte mich wohlgemuth.
Da fanden wir einen zerlumpten Fremdling, den nahm
ich in mein Haus und bewirthete ihn gastfrei. Wir sprachen
von diesem und jenem, und endlich auch von dem bösen
Engländer in Madras, der mich betrogen hat. Da hub ich
an zu schelten mit Bitterkeit und Hohn alle Engländer,
und mein Gast war selbst ein Engländer, das wußte ich
wohl. Ich sah wie er eine Thräne verschluckte, weil er mir
nicht antworten durfte. Diese Thräne wischte alles Gute
weg, was ich ihm erzeigt hatte. In der Nacht quälte mich
das auf meinem Lager, und heute früh beschenkte ich ihn
reichlich, daß er froh und dankbar seines Weges zog.

»Nun sage mir, ehrwürdiger Greis, dessen Schultern
heiliger Kuhmist deckt, bin ich ein guter oder ein böser
Mensch? Was sind das für Geister, die in meiner Brust
kämpfen? Was macht mich heute empfänglich für alles
Edle und Schöne, und verschließt morgen mein Herz dafür?«

Der Bramine lächelte wohlwollend und sprach: »Komm
morgen wieder in der Frühstunde, daß ich dir antworte,
was Brama mir offenbaren wird.« Der Indier ging und
konnte nicht schlafen die lange Nacht hindurch. Am andern
Morgen kam er wieder, und fand den Alten vor seiner
Hütte, und um ihn her eine Menge Schüsseln, flach und

tief, mit klarem Waſſer gefüllt. Aber auf dem Boden einer
jeden Schüſſel lag Sand, Lehm und allerlei Schmuß.

»Sieh dieſe Gefäße,« ſagte er zu dem Kommenden,
»das Waſſer iſt hell und klar, das Bild der Sonne ſpiegelt
ſich darin. So ſpiegelt ſich Gott in den Seelen der Men=
ſchen. Kommt aber ein Sturm, oder bewege ich das Waſ=
ſer mit dieſem Stöckchen, ſo wirbelt der Sand in die Höhe
und es wird trübe. Nach einer Weile ſinkt der Sand zu
Boden, und die vorige Klarheit iſt wieder da. So iſt es mit
unſern Leidenſchaften. Hüte dich, einen Menſchen gut oder
böſe zu nennen. Der ruhige Menſch iſt gut, der von Leiden=
ſchaften beſtürmte iſt böſe. Jeder trägt im Grunde ſeines
Herzens ein unlauteres Gemiſch, aber es liegt feſt im Grunde,
ſo lange kein Sturm es aufrührt. Biſt du Zeuge einer edlen
That, ſo freue dich, aber wähne d'rum nicht, der Thäter ſei
immer ein edler Mann. Siehſt du etwas Böſes, ſo betrübe
dich, aber verdamme nicht, denn der es that, dem iſt ſelbſt
nicht wohl dabei zu Muthe, und er thut vielleicht in der
nächſten Stunde wieder etwas Gutes und Schönes. —
Selig der gelernt hat, ſein Schifflein im Sturm regieren!
Gehe hin und lerne das, denn den Sturm kann Niemand
vermeiden.«

Da hub der Indier ſeinen Blick gerührt empor, und
ſprach: »Lehre mich das, auf daß meine Seele einſt nicht in
ein verworfenes Thier wandere.«

»Arbeit und Mäßigkeit,« erwiederte der Bramine, »ge=
ben dir Geſundheit, und in einem geſunden Körper wohnt

eine gefunde Seele, die rüftig und ftark dem Böfen wider=
fteht. Ich kann dich nichts weiter lehren, aber einen guten
frommen Rath will ich dir geben. Der Menfch hat ein Mit=
tel in feiner Gewalt, den meiften Stürmen auszuweichen,
die das Gleichgewicht feiner Seele erfchüttern, und den
Sand vom Grunde herauf wälzen könnten. Du haft fo viel
du bedarfft. Zieh auf's Land, der Landmann ift beffer als
der Städter. Hier fließen die Tage in ruhiger Einförmig=
keit vorüber, die heitere Luft gibt dir heitern Sinn, kein
fremdes Intereffe reibt fich an dem deinigen, keine Begeben=
heit ift wichtig genug, dir die Ruhe der Seele zu rauben:
du haft, wie die Kinder, Freude an Kleinigkeiten, und bift
glücklich wie die Kinder."

Und der Indier ging hin und that wie der Bramine
ihm gerathen hatte. Sein Leben verfloß in fanfter Ruhe,
das Bild Gottes fpiegelte fich in feiner Seele, wie das Bild
der Sonne im klaren Waffer.

Amor an Hymen,

als Frau von ** eine Tochter geboren hatte.

Bift du grämlich, Bruder Fackelträger?
Weil du einen Sohn begehrt? —
Weißt du aber auch, wer fich mit Recht befchwert?
Ich, Herr Bruder, war bis jetzt der Kläger;

Denn als Julie, von dir bethört,
Deiner Fackel folgen müſſen,
Haſt du meiner Mutter nicht
Eine Grazie entriſſen?
War es denn nicht deine Pflicht,
Ihr durch dieſes Kindes Leben
Eine andere zu geben?

Der Unterſchied und die Vereinigung der Stände.

Ich habe in der Sakriſtei einer alten Dorfkirche zwei Gemälde geſehen, welche zwar nur den Pinſel eines Sudelmalers verriethen, allein die Idee dazu war gewiß nicht in dem Kopfe dieſes Sudelmalers entſprungen.

Auf einem Wagen mit vier Rädern (ein Sinnbild der vier Stufen des menſchlichen Alters) ſtanden ein Ritter, ein Geiſtlicher und ein Bauer; der Lehr=, Wehr= und Nährſtand. Die gemeinſchaftlichen Bedürfniſſe, in der Geſtalt von Kindern, umwanden die drei Stände mit eiſernen Feſſeln, weil nichts ſtärker an einander kettet, als das Bedürfniß. Glaube, Muth und Hoffnung zogen den Wagen, der Friede ſchwebte voran, und ſtreute aus einem Füllhorn Blumen und Früchte auf den Weg.

Das andere Gemälde iſt von minder edler Erfindung,

XXII.   12

aber die Idee nicht minder wahr. Man sieht einen Priester, aus dessen Munde die Worte gehen: Ich bete für euch alle. Ein Soldat spricht: Ich fechte für euch alle. Ein Bauer: Ich ernähre euch alle; und ein Rechts= gelehrter: Ich verzehre euch alle.

Billig sollte noch ein Schriftsteller dabei stehen, mit der Umschrift: Ich unterrichte, leite, erleuchte tröste oder amusire euch alle.

Ich merke übrigens noch an, daß jene beiden Gemälde in keiner französischen Dorfkirche hängen, und folglich auch noch nicht verbrannt sind.

Die Höflinge.

Es sind wirklich drollige Geschöpfe. Kein Stand noch Alter auf der Welt kann sich an so armseligen Spielereien er= getzen. Ein Haufe von ehrbaren Professoren, die mit hölzer= nen Flinten auf den Schultern und papiernen Grenadier= mützen auf den Köpfen Soldaten spielten, wäre noch nicht so lächerlich, als diese Hofmännerchen mit ihren komischen Ansprüchen und Vorrechten.

So dachte ich, als ich neulich einen historischen Ver= such über England las, in welchem unter andern die Krönungsceremonien erzählt werden. Bei dieser Krönung hat ein gewisser Barbolf aus der Grafschaft Surry das

Recht, für den König eine Schüssel voll Grütze selbst zu kochen, und selbst auf die Tafel zu setzen. Das letztere lasse ich gelten, wenn er aber das Kochen nicht versteht, so ist der König übel daran, wenn er die Grütze aufessen muß. Und doch wollte ich keinem königlichen Mundkoch rathen, dem Herrn Barbolf in's Handwerk zu greifen, der sich durchaus das Recht nicht nehmen läßt, die Grütze selbst zu kochen. Und welche Belohnung sollte man vermuthen, daß ihm dafür zu Theil würde? nichts geringeres als der Ritterschlag. Ja, Herr Barbolf wird für seine Kochkunst zum Ritter geschlagen.

Doch weiter. Herr Scoulton, aus der Grafschaft Norfolk, ist am Krönungstage Großspicker, das heißt, er muß alle Braten spicken, und aller Speck, der übrig bleibt, gehört ihm zu. Das ist unbillig, denn das Spicken ist mühsamer als das Grützkochen, er sollte wenigstens auch zum Ritter geschlagen werden.

Ein gewisser Herr Wirksap, aus der Grafschaft Nottingham, hat das Recht, dem Könige Einen Handschuh zu präsentiren, und zwar den an die rechte Hand. Eben so darf der König, wenn er etwa Lust haben sollte, an diesem Tage Honig zu essen, keinen andern Honigwabben berühren, als den, welchen ein gewisser Herr Lyston ihm überreicht.

Sein Hemd empfängt der König aus den Händen des Oberkammerherrn, welchem dafür dreißig Ellen Scharlach=

12 *

Sammt, des Königs Bett, seine Nachtkleider und alle
Möbeln des Schlafzimmers gebühren.

Der Herold des Königs muß nach der Krönung in den
Saal treten, und einen Jeden herausfordern, der sich zu
behaupten getraut, der König sei nicht rechtmäßig erwählt.
Weil sich aber niemals ein Kämpfer findet, so verdient der
Herold das Pferd und den goldenen Becher, welchen er dafür
erhält, leichter, als der Großspicker seinen Speck.

Der Lordmajor von London gießt dem König nach der
Tafel zu trinken ein, und empfängt dafür gleichfalls einen
goldenen Becher; dem Oberstallmeister gebührt, Gott weiß
warum? alles Silbergeschirr u. s. w.

Die Maus.

Eine alte Maus, welche auf einem leeren Kornboden
Philosophie studirte, und einst in einer Hungersnoth viel
über das Wesen der Götter nachgedacht hatte, entschloß sich
endlich, die Sonne für das höchste Wesen anzuerkennen,
weil sie leuchtet, erwärmt, die Blüte hervorlockt, und die
Frucht zur Reife bringt, den Gesunden erheitert, und den
Kranken erquickt.

Die Sonne hörte das Gebet der Maus, und sprach
sanftmüthig: »Armes Thierlein, ich bin ein Geschöpf wie
du. Ein Nebel, eine Wolke, die sich vor mir hinwälzen, sind

mächtig genug, mein Licht zu verdunkeln und der Erde meine Wärme zu entziehen."

„Die Sonne hat Recht," dachte die Maus, „ich ließ mich durch ihren Glanz verblenden. Die Wolke ist es eigentlich, welche Verehrung heischt."

„Ich?" sagte die Wolke; „du irrest. Ich bin nur ein Wesen aus Dünsten gebildet, die von eurer Erde heraufsteigen. Der Wind spielt mit mir, gibt mir nach seinem Gefallen diese oder jene Gestalt, und der Sturm zerstreut mich ganz."

„So muß ich," lispelte die Maus," „den Sturmwind für das mächtigste Wesen anerkennen, weil er den Wolken gebietet, welche die Sonne verdunkeln."

„Mich?" brüllte der Sturmwind; „ja ich herrsche über Nebel und Wolken, aber vergebens heule ich gegen diese Mauer, die meiner Macht Hohn spricht."

Darob verwunderte sich die Maus. „Wie? diese Mauer, die mir so nahe ist; diese Mauer, die meine Wohnung deckt; ist sie so stark und mächtig? — Wohlan, sie werde der Gegenstand meiner Verehrung."

„Ach!" seufzte die Mauer; „weißt du denn nicht, daß du selbst sammt deinen Brüdern seit mehr denn hundert Jahren meine Grundfeste untergraben hast? Siehst du nicht, daß ich meinem Untergange nahe bin?"

So sprach sie, und stürzte krachend zusammen. Voll Erstaunen kroch die Maus zwischen den Ruinen herum, und da sie zu kurzsichtig war, die Verkettung aller erschaf-

174

fenen Wefen zu ahnen, fo gerieth fie nicht felten in Ver-
fuchung, fich felbft oder gar nichts anzubeten.

Meide den Schein.

(Eine Erzählung.)

Jch könnte das Land nennen, wo diefe Gefchichte fich
zutrug; ich könnte die Perfonen nennen, welche die Haupt-
rollen darin fpielten; da aber diefe Begebenheit für jedes
Land paßt, und eine Warnung für jedes Mädchen enthält,
fo will ich die Scene nach England verlegen, und die
Heldin foll Betty heißen.

Betty war ein fchönes Mädchen von fünfzehn Jahren,
der Eltern Liebling, die Zierde ihrer Gefpielinnen, zuweilen
der Gegenftand ihres Neides. Sie blühte wie eine Rofen-
knospe, nur mit dem Unterfchiede, daß diefe nicht weiß, wie
fchön fie ift, Betty aber wußte es. Wer den Schönen dies
Bewußtfein nehmen könnte, würde ihnen unendlich mehr
geben als nehmen. Der Vater, ein braver Gefchäfts-
mann, hatte wenig Zeit für ihre Bildung zu forgen. Die
Mutter, eine verftändige Frau, und eine Frau von Welt,
fah in Betty mit Wohlgefallen den Glanz ihrer eigenen
Jugend, und hieß oft durch ihre Blicke gut, was ihre Lippen tadelten. Der Ton im Haufe war der Ton der großen
Welt, der Aufwand nicht klein, und die Tugend der Gaft-

175

freiheit wurde oft zu weit getrieben. Hundert Menschen hatten Geschäfte mit dem Vater, und wer keines hatte, machte sich Eines, um die schöne Tochter zu sehen. Wer sie sah, der unterhielt sie, so gut er konnte, mit faden oder geistreichen Schmeicheleien. Sie lachte über jene und freute sich über diese. Das Gefühl ihres eigenen Werths erstickte zwar nie das bessere Gefühl der Tugend; aber es flößte ihr Geringschätzung ein gegen das Urtheil der Welt; jeder gute Rath schien ihr überflüssig, und jede Warnung Neid.

Der Vater starb, und hinterließ nichts. Es geht den Geschäftsleuten oft wie den Gewässern im Frühjahr, sie laufen von allen Bergen und Hügeln zusammen, und verlaufen sich wieder, man weiß nicht wohin. Indessen erhielt die Witwe eine hinreichende Pension, um eingezogen, aber mit Anstand fort zu leben. Die Eingezogenheit war nicht Betty's Sache, auch kann eine schöne Blume nur in öden Steppen unbemerkt blühen, Betty aber wohnte in London. Der Vater war todt, und die Geschäfte des Vaters schienen noch zu leben, denn das Haus blieb nach wie vor ein Sammelplatz junger Leute von Kopf und Herz, die Lust hatten, beides zu verlieren. Außer dem Hause war Betty der Gegenstand manches Toasts; ihr Bild lächelte dem Jüngling in Träumen, er schlummerte auf Blumen der Liebe, indessen manches Mädchen sich schlaflos auf Dornen der Eifersucht wälzte.

Der Gärtnerin gefiel es wohl, daß Jung und Alt von Ost und West herbei zog, um ihre seltene Aloe blühen zu sehen. Sie verwahrte sie nicht vor dem Mehlthau der Schmeichelei, noch vor den Wespenstichen der Verleumdung, und wenn gleich kein Wurm an der Wurzel fraß, so schmauste doch manche Raupe an den Blättern. Freilich war die Mutter von jeher eine unbescholtene Frau, freilich war ihr Haus eine Schule der guten Sitten, und ihre Tochter hüpfte, troß aller Lebhaftigkeit, nie über die Grenzlinie des Wohlstands hinaus. Aber starb nicht so mancher gute Ruf eines schuldlosen Mädchens durch das böse Gift der Männer=Eitelkeit? die überhaupt weit mehr Schaden stiftet, als die Eitelkeit der Weiber. Diese setzt der Jüngling in jedem Mädchen voraus, und hütet sich dafür; jene setzt das Mädchen in keinem Jüngling voraus, weil sie seine Liebe immer nur ihren Reizen zu verdanken glaubt, und ist minder auf ihrer Hut.

Da trifft denn ein Bekannter den andern auf der Straße oder auf dem Kaffeehause, und fragt: Bist du bei Betty gewesen? — O ja, heute noch. — Machst du Fortschritte? — So so, du kennst sie, sie spielt die Spröde, aber ich bin zufrieden. — Bei diesen Worten blickt er auf eine verwelkte Blume, die er im Knopfloch oder auf dem Ermel trägt. X fragt: Ist die Blume von ihr? — Y lächelt und antwortet nicht, und lenkt auf eine gezwungene Art das Gespräch auf das Wetter. Die Blume mag wirklich von ihr sein, sie hat sie fallen lassen oder weggeworfen, und Y hat sie aufgehoben, um das ganze Alphabet seiner Freunde damit zu täuschen. — Merkt es euch, ihr guten Mädchen!

Dergleichen unbedeutend scheinende Prahlereien erlaubt
man sich täglich auf eure Kosten. Doch ist der, der gerade-
zu von nie genossenen Gunstbezeugungen schwatzt, euch
minder gefährlich, als der, der nur mit halben Worten
prahlt; und die andere Hälfte errathen läßt.

Betty's Heiterkeit ward nie durch solche Großmutter-
Betrachtungen getrübt. Sie trotzte auf ihre Unschuld, und
vergaß, daß die Göttin der Unschuld sich in keine Wolke
hüllen darf, wenn sie Verehrung von den Sterblichen begehrt. Die Natur ersetzt bei der Jugend die mangelnde
Aegide der Erfahrung durch die unsichere Waffe des Ver-
trauens auf sich selbst. Betty sah die Zukunft im rosenfar-
bigen Lichte; ein reicher vornehmer Gatte, durch die Reize
ihres Körpers und die Anmuth ihres Geistes herbei gelockt,
war wachend und träumend das Bild ihrer lachenden
Fantasie.

Ein junger Baronet, Karl Digby, machte ihr seit
einigen Monaten sehr beharrlich den Hof. Der Tod hatte
vor Kurzem seine ganze Familie in aufsteigender Linie weg-
gemäht, jeder Sensenhieb legte eine Erbschaft zu seinen
Füßen, und jede Erbschaft verschlimmerte sein ohnehin
verdorbenes Herz. Aber der Liebhaber kehrt immer die besten
Seiten heraus, Mutter und Tochter sahen ihn gern, und
harrten mit Ungeduld auf eine nähere Erklärung. Sie geschah endlich, aber — welch ein Donnerschlag! — er
sprach nur als Wollüstling, den sein Reichthum kühn macht,
ein Bubenstück in Vorschlag zu bringen.

Man kann leicht denken, daß Betty's Verachtung und
der edle Zorn ihrer Mutter die ganze Antwort waren,
deren man ihm würdigte. Der Bösewicht stammelte einige
Worte vom Uebermaß der Leidenschaft, die ihn hingerissen,
entfernte sich beschämt und gab sein Vorhaben nicht auf.
Einige Wochen nachher schrieb er einen Brief an Betty,
in welchem er Schmeicheleien und glänzende Anerbietungen
verschwendete, um seinen Zweck zu erreichen. Der Brief
hatte natürlich kein besseres Schicksal als seine mündlichen
Frechheiten; Betty's Thür war von nun an für ihn ver=
schlossen.

Aber sie konnte es doch nicht lassen, diesen Triumph
ihrer Tugend allen ihren Bekannten mitzutheilen. Sie
zeigte sogar den Brief des Baronets, und meinte, durch
ihr Betragen den jungen Schwindelköpfen Ehrfurcht ein=
zuflößen. Ach! sie bedachte nicht, daß der Neid ganz andere
Auslegungen macht. Wem man dergleichen zuzumuthen
wagt, hieß es, der muß doch wohl Anlaß dazu gegeben
haben. Strenge Väter verboten ihren Söhnen den Um=
gang mit Betty, und strenge Mütter stellten sie ihren Töch=
tern zum warnenden Beispiel dar.

Eines Tages war Betty im Schauspielhause. William
Bentley, der Sohn eines reichen Kaufmanns, erblickte sie,
und die Schönheit behauptete ihre Rechte. William em=
pfand, daß die Wechsel, welche die Schönheit zieht, alle
a viso zahlbar sind, indessen Verdienst und Tugend froh
sein müssen, wenn sie nach mancher langen Frist befriedigt

werben. Haftig fragte er feinen Nachbar: Wer ift das
fchöne Mädchen in jener Loge? — Der Nachbar nannte
fie ihm Einmal, und er vergaß den Namen nie
wieder.

Zwar war der Nachbar zugleich fo dienftfertig, ihm
Betty als eine gefährliche Kofette zu fchildern, die ihre Lieb=
haber zum Spiel ihrer Launen mache; aber ein Blick hin=
auf in die Loge, und ein Blick herab, vernichteten die
Kraft jener Warnung, feine Augen waren ganz offen, und
feine Ohren nur halb. Mit dem Pfeil im Herzen verließ
er das Schaufpiel, die Wunde blutete fanft, und der
Schlaf heilte fie nicht.

Es ward ihm leicht, Zutritt in Betty's Haufe zu er=
halten. Er fah feine Geliebte oft und nie genug, fie fah
ihn gern und immer lieber. Seine reinen Sitten gewannen
das Herz der Mutter; feine gefällige Sanftmuth eroberte
das Herz der Tochter. Wie viel auch feine fchöne edle
Geftalt dazu beitrug, laffen wir unentfchieden. Genug, die
beiden jungen Leute konnten bald nicht mehr ohne einander
leben, und William entdeckte der Mutter feine Wünfche.

Noch war es Betty nicht eingefallen, daß ihr Geliebter
auch einen Vater hatte, aber der Mutter fiel es gleich ein.
Sie nahm die Bewerbung des Jünglings freundlich auf,
entdeckte ihm mit edler Freimüthigkeit ihre geringen Glücks=
umftände, und wie fie nicht im Stande fei, zu Schönheit
und Tugend, mit welchen Natur und Erziehung ihre
Tochter ausgefteuert, etwas hinzuzufügen, rieth ihm daher

um die väterliche Einwilligung zu bitten, und dann, als ein willkommner Schwiegersohn, zurückzukehren.

William kannte seinen Vater, er hatte strenge Grund=sätze, war überdieß geizig und die Liebe in seinen Augen ein Kapital, das sich nur mit Hunger und Thränen ver=interessirt. Indessen wagte der liebende Jüngling einen Versuch, der übel ablief. Zwar war Betty's zweideutiger Ruf dem Alten unbekannt geblieben, aber die mangelnde Aussteuer war ihm ein hinlänglicher Grund, seine Ein=willigung mit der bittersten Heftigkeit zu versagen. Ver=gebens umfaßte William seine Knie, vergebens fielen seine Thränen auf den eisernen Geldkasten im Winkel des Zim=mers. Der hartherzige Vater schloß mit den Worten:

Mir aus den Augen ungerathener Bube! lauf deiner Schönen nach, liebe sie, vergöttere sie, heirathe sie, hasse sie, es gilt mir alles gleich. Von mir keinen Groschen, so lang ich lebe, und keinen Heller, wenn ich sterbe. — Aber was thut das? du nimmst ein Weib, so schön, so zärtlich, so schmachtend, es hungert sich so allerliebst mit ihr, es dur=stet sich so artig an ihrer Seite, man kann im Winter na=ckend herumlaufen, ohne zu frieren — du Romanenheld!"

»Mein Vater! wären Sie an meiner Stelle, auch Sie würden so vielen Reizen nicht widerstehen.«

»Ganz gewiß!"

»Ganz gewiß nicht.«

»Nun so wär ich ein Narr wie du, und man würde mich auslachen, so wie ich dich auslache.«

»Nur noch ein Wort —"

»Gut ich erlaube dir das einzige Wort: Aussteuer.

»Aber Schönheit, Tugend, Verstand —"

„Laß sehen! — Schönheit — ist nur eine Leibrente, wenn die Schönheit stirbt, so hört die Zahlung auf, und sie stirbt immer jung. Tugend — ist freilich wohl ein Kapital, aber die Zinsen werden dazu geschlagen, und dort erst ausgezahlt. Verstand — den hat sie nicht, sonst hätte sie dich unbärtigen Knaben zum Henker gejagt!" Mit diesen Worten drehte er dem armen Jüngling den Rücken zu, und ließ ihn in stummer Verzweiflung stehen.

Als Betty's Mutter hörte, was vorgefallen war, sprach sie: »Kinder, ihr müßt euch trennen."

»Nimmermehr!" riefen beide; »nur der Tod kann uns trennen."

»Gehorchen Sie Ihrem Vater," sagte die Mutter, »Sie verdanken ihm das Leben."

»Aber der Liebe mein Glück," versetzte William, und schloß Betty in seine Arme. Es war vergebens hier Vernunft predigen zu wollen. Die Liebe ist wie die Wasserscheue, das einzige Mittel der Genesung kann sie nicht herunterschlucken. Die gute Mutter war froh, den beiden Liebenden nur endlich das Versprechen abzubetteln, daß sie sich seltener sehen, und geduldig einen günstigern Zeitpunkt abwarten wollten.

Selten sehen! geduldig warten! Welche Zumuthungen an Liebende! Sonst kam William nur des

Nachmittags, nun fieng er an auch Morgenbesuche zu geben, weil er wußte, daß die Mutter sehr lange zu schlafen pflegte, Betty hingegen die Frühstunden am Klaviere zubrachte. Als er das erste Mal schüchtern hereintrat, schalt ihn Betty, und wollte ihn gleich wieder fortschicken. Aber er fand ihr Negligee so reizend; der Schlaf hatte die Farbe der Morgenröthe auf ihren Wangen zurückgelassen; Liebe und Verlangen glühten so schön in seinen Augen — gehen Sie! sagte sie, und hielt ihn fest bei der Hand.

Zwar erzählte sie der Mutter beim Frühstück: William ist hier gewesen; und die Mutter ließ es das erste Mal so hingehen, weil Betty meinte, vermuthlich habe ihn ein Geschäft ihre Wohnung vorbeigeführt. Ich sage, sie vermuthete, denn gefragt hatte sie ihn nicht darum. Auch das zweite und dritte Mal wurde sein Morgenbesuch treulich berichtet. Da runzelte das gute Weib die Stirn, wiegte das Haupt, warnte herzlich und erließ einen bittenden Befehl an ihre Tochter, diese Besuche ein= für allemal zu verbieten. »Du kennst die Nachbarn," sagte sie, »sie lauern an den Fenstern hinter den Vorhängen, und verzehren hernach deinen guten Namen statt des Zwiebacks beim Thee."

Als Betty merkte, daß die Morgenzusammenkünfte ihrer Mutter nicht recht waren, so wollte sie ihr alle Unlust ersparen, und sagte ihr das vierte Mal gar nichts mehr. Zwar müssen wir zu ihrer Entschuldigung bekennen, daß ihr das weise Verbot, nicht mehr so früh zu erscheinen, verschiedenemal auf der Zunge schwebte; nur wollte die

Zunge dem Herzen nicht gehorchen, dafür konnte das arme Mädchen nicht. Man bedenke vollends, wie oft William den Mund mit Küssen versiegelte, so das die Zunge ihres Dienstes ganz vergaß. Kurz, er kam einige Wochen und einige Monate lang täglich, fand Betty jedesmal in leichter Morgentracht, wühlte in ihrem Haar, ruhte an ihrem locker verhüllten Busen, schwelgte auf ihren Rosenlippen, und brachte es endlich dahin, daß sie einen Vorschlag, den sie anfangs mit Abscheu, nach und nach mit Geduld, und endlich mit Wohlgefallen anhörte, den Vorschlag, sich heimlich mit ihm zu vermählen, im Rausch der Liebe billigte. Eines Morgens verließ sie, ihrer Sinne halb unbewußt, an William's Arm die mütterliche Wohnung, und kehrte nach einer Stunde als Madame Bentley zurück.

Die gute Mutter erschrack heftig und weinte bitterlich. Zwar verzieh sie ihren Kindern, die ihre Knie umfaßten, und Thränen der Reue heuchelten; sie verzieh, weil geschehene Dinge nun einmal nicht zu ändern sind; aber heimlicher Gram nagte an ihrem Herzen, sie machte sich selbst Vorwürfe über ihre Nachsicht, die Bilder einer trüben Zukunft quälten sie, raubten ihr Schlaf und Ruhe, ein langsames Fieber schlich in ihren Adern, eine kleine Verkältung kam dazu, sie legte sich nieder und starb.

Betty fühlte die Größe ihres Verlusts, und beweinte ihn herzlich. Nur die innige Liebe ihres Gatten war täglich neu, und wurde durch den Besitz täglich stärker, wie das bei jeder wahren Liebe immer geschieht. Selbst dann als der Mangel sein bleiernes Gefieder über die einsame Wohnung der Liebenden ausbreitete (denn mit dem Tode der Mutter hatte auch ihre Pension aufgehört), stahl sich dennoch mit jedem Sonnenstrahl die Genügsamkeit hinein zu ihrer Schwester der Liebe. Betty, vormals gewohnt, an schwelgenden Tafeln nur Lieblingsspeisen zu wählen, konnte jetzt bei einem Mahl von Erdäpfeln ihrem Gatten gegen= über ein frohes Liedchen singen. Die eitle Betty, vormals nur in Seide und Flor gekleidet, wusch jetzt oft mit eige= ner Hand das einfache weiße Gewand, das ihre Grazien= gestalt umfloß; und wenn sie gewahr wurde, daß William ihr mitleidig zusah, daß sein Blick sich trübte; so schä= ckerte sie, und besprizte ihn schalkhaft mit Wasser.

Es ist wahrlich leicht, für den Geliebten entbehren, aber es ist wahrlich schwer, die Geliebte entbehren sehen. Je duldender und gnügsamer Betty den Mangel ertrug, je mehr schnitt es William durch's Herz. Er beschloß noch einen Versuch zu wagen, seinen Vater zu besänftigen, und, glücke ihm der nicht, durch eigenen Fleiß, durch die mög= lichste Anstrengung, seinem guten Weibe etwas mehr als die kahle Nothdurft zu verschaffen. Ein Brief aus dem Herzen geschrieben, in kindlichen Thränen gebadet, ent= deckte dem alten Bentley das Geheimniß der Vermählung seines Sohnes. Er schäumte, er wüthete, gab dem Unge= horsamen seinen Fluch, und verbot ihm jemals wieder vor seinen Augen zu erscheinen. Auch diese letzte Hoffnung war zertrümmert. Nur ein alter Oheim, der mehr Herz, aber weit weniger Vermögen besaß, als sein Bruder, erbarmte sich des unglücklichen jungen Paares, und theilte mit seinem Neffen, was er hatte. Das setzte William in den Stand, einen kleinen Handel anzufangen, wobei Betty die Stelle eines Komptoirbedienten vertrat, und sich, statt Romane zu lesen, fleißig im Kaufmannsstil übte. In Kurzem hatte William es so weit gebracht, daß er eine Reise nach der Levante unternehmen konnte, von welcher er sich große Vortheile versprach.

Er miethete seiner Frau eine kleine aber anständige Wohnung bei einer alten ehrlichen Bürgerwitwe, ließ ihr so viel Geld, als sie brauchte, und er entbehren konnte, und riß sich mit heißen Thränen der Liebe aus ihren Armen.

So lange Betty an der Seite ihres Gatten arm und glücklich lebte, hatte sie die faden Zerstreuungen der großen Welt nie vermißt. Aber nun war sie ganz allein, sie wusch und kochte nicht mehr für den Geliebten, sie copirte seine Briefe nicht mehr, sie hatte Langeweile. Der alte Hang zu rauschenden Vergnügungen erwachte, und der Leichtsinn erstickte die Betrachtung, daß es unschicklich sei, ohne ihren Mann in der großen Welt zu erscheinen. »Liebe ich nicht meinen Gatten?« sprach sie zu sich selbst; »schwebt sein Bild mir nicht immer vor Augen? trage ich nicht das Gefühl meiner Tugend im Herzen? was kümmert mich das Zischen des Neides und die Stachelzungen der Verleumdung!«

So spottete Betty, im Vertrauen auf ihr gutes Ge-

XXII.   13

wiſſen, der goldenen Regel: **Meide den Schein.** Sie
flog vom Schauſpiel auf den Ball, von Vaurhall nach
Ranelagh, tanzte, ſchwatzte, ließ ſich lorgniren, hörte
Schmeicheleien an, lachte zwar darüber; aber hörte ſie
doch; kam oft erſt gegen Morgen nach Hauſe, bald glü-
hend roth vom Tanz, bald blaß und bleich vom nächtli-
chen Schwärmen.

Die Straße war von lauter Krämern und Handwer-
kern bewohnt, ehrliche, arbeitſame Leute, die früh aufſtan-
den und früh zu Bett gingen, und meinten, wer die Nacht
zum Tage umſchaffe, der habe Luſt Böſes zu thun, denn
das Böſe geſchehe gemeiniglich in der Nacht. Oft ſchüt-
telte der Gewürzkrämer ſein Haupt, der ſchon ſein Mor-
genpfeifchen an der Thür rauchte, wenn Betty vom Balle
zurückkehrte. Oft ließ der Kupferſchmied gegenüber den
Hammer ſinken, und ſprach zu der fleißigen Hausfrau,
die ihm ſein warmes Bier brachte: »Sieh, Mary, die
Miſtreß hat ſchon wieder die Nacht durch geſchwärmt.«
Dann faltete Mary ihre Hände, ſtieß einen frommen
Seufzer aus, bedauerte den armen Sir Bentley, und während ihr Mann das warme Bier ausſchlürfte, hammerte
ſie mit ihrer Zunge kräftiger auf Betty's gutem Namen
herum, als jener auf ſeinen kupfernen Keſſeln.

Die ehrliche Bürgerwitwe, Betty's Hauswirthin, war
natürlich keine der letzten, welche dieſe zweideutige Lebensart anſtößig fand. Sie hielt ſich in ihrem Gewiſſen verbunden, die Miſtreß zu warnen, der ſie mit wahrer Nächſten-

liebe zugethan war. Eines Morgens setzte sie ihre Sonn-
tagshaube auf, und band eine reine Schürze vor, und stieg
hinauf zu Betty, bei der es kaum Tag geworden war.

»Guten Morgen, meine liebe Madame, nehmen Sie
nicht übel, daß ich so unangemeldet hereintrete. Ich habe
ein Anliegen, das Sie betrifft, und will es kurz machen.
Sie sind eine brave ehrbare Frau, das weiß ich, und Sie
lieben Ihren Gemahl, das weiß ich auch, denn ich habe
wohl geseh'n, wie Sie Abschied von einander nahmen, daß
es einen Stein in der Erde hätte erbarmen mögen. Und
deshalb betrübt es mich, daß ich hören muß, wie die Leute
trätschen, und Ihnen allerlei Ungebühr nachsagen, das
nicht über meine Zunge kommen soll. Es sind unverstän-
dige Menschen, die keine Vernunft annehmen. Seht ihr
denn nicht, sage ich oft, daß es eine junge schöne Dame ist,
die doch auch die Welt genießen will; wir sind ja alle jung
gewesen. Und was ihre Tugend betrifft, die ist blank und
rein, wie eine Guinee, die eben aus der Münze kommt.
Aber das ist Alles in den Wind geredet. Die bösen Menschen urtheilen nach dem Schein, liebe Madame; sie
sagen, eine ehrbare Frau halte sich fein zu Hause, wenn
der Mann über's Meer gereist ist, weil der Mann den guten Ruf seiner Frau fast eben so lieb habe, als ihre Tugend
selbst. D'rum komme ich Sie zu bitten, liebe Herzens-
madame, schicken Sie sich in die Zeit, geben Sie den Läster-
mäulern keinen Stoff zu ärgerlichen Plaudereien, und wenn
Sie Langeweile haben, kommen Sie herunter zu mir, oder

13 *

ich will heraufkommen zu Ihnen, ich habe schöne Bücher, geistlichen und weltlichen Inhalts, da soll uns die Zeit nicht lang werden, und wir wollen gesund dabei bleiben an Leib und Seele."

So sprach das ehrliche Weib mit der herzlichsten Gutmüthigkeit. Man glaube ja nicht, sie sei wirklich von Betty's Unschuld so fest überzeugt gewesen, als sie zu sein vorgab; keineswegs, sondern sie hegte im Stillen manchen Verdacht, und mancher Zweifel stieg in ihr auf. Aber ihr unverdorbenes Gefühl lehrte sie mit einer Delikatesse reden, welche verdient hätte, von Betty empfunden, dankbar empfunden zu werden.

Aber Betty hatte schlecht geschlafen, war übler Laune, das Bewußtsein ihrer Tugend machte sie stolz, sie war nicht gewohnt dergleichen Ermahnungen zu hören, selbst ihre Mutter war sehr sparsam damit gewesen, und nun sollte eine gemeine einfältige Bürgerfrau sich dergleichen herausnehmen dürfen? Was Wunder, daß ihre Eitelkeit sich empörte, und sie der ehrlichen Wirthin mit einer Mischung von Spott, Hohn und Stolz für ihre gutgemeinte Warnung dankte, mit der angehängten Bitte, sie nie wieder damit zu behelligen, da sie schon von selbst wissen werde, wie sie ihre Aufführung einzurichten habe. Die gute Frau seufzte und entfernte sich schweigend, mit dem Entschluß, William unter irgend einem Vorwande das Quartier aufzusagen, sobald er zurückgekehrt sein werde.

Er kam endlich, nach Verlauf von zehn Monaten. Seine

Reise war glücklich gewesen. Eine erlaubte Gewinnsucht hatte ihn nach der Levante geführt, auf den Flügeln der Liebe eilte er zurück. Er fand seine Betty treu, gut, schön und liebevoll wieder, und die ersten Tage nach seiner Ankunft verstrichen in seligem Entzücken.

Als er aber eines Morgens in Geschäften ausgehen wollte, vertrat ihm die Wirthin den Weg, und bat ihn mit einiger Verlegenheit, sich nach einer andern Wohnung umzusehen. William erstaunte, er hatte immer ordentlich voraus bezahlt, und konnte nicht begreifen, warum sie ihn nicht länger in ihrem Hause dulden wolle. Die gute Frau wollte ihn nicht beunruhigen, sie schützte allerlei Kleinigkeiten vor, aber, der Verstellung ungewohnt, benahm sie sich dabei so links und verlegen, daß William hindurchblickte, und deutlich sah, es müsse etwas anders dahinter stecken. Er drang mit Wärme in sie, ihm die wahre Ursach zu entdecken, und sie rückte endlich mit dem Bekenntniß heraus: sie sei schon zu Lebzeiten ihres Mannes, und noch mehr nach dem Tode desselben, so sehr an Ordnung und Ruhe gewöhnt, daß es ihr schwer falle, Miethsleute zu herbergen, welche die Nacht zum Tage machten, und selten früher als gegen Morgen nach Hause kämen.

Blaß und eingewurzelt stand William bei der Erzählung von der Lebensart seiner Frau. Ein kalter Schauer lief ihm über den Rücken, sein Herz klopfte, seine Muskeln bewegten sich krampfhaft, und eine Thräne trat in sein Auge. Er stürzte schnell zur Thür hinaus, um der Wirthin seine

heftige Gemüthsbewegung zu verbergen. Auf der Straße
machte er sich durch ein Selbstgespräch Luft. »Wie!« rief
er, »während ich mein Leben wagte, um ihr ein bequeme=
res Auskommen zu verschaffen, spielte sie mit ihrer Gesundheit und meiner Ehre, die beide mir gleich theuer sind!«

Tief verwundet kam er in seine Wohnung zurück. Bet=
ty's liebevolle Unbefangenheit, ihr offener Blick, den nur
das gute Gewissen geben konnte, heiterte zwar seine Stirn
auf, aber der Stachel blieb im Herzen, und er trug ihn
immer mit sich herum. Betty war zu froh und leichtsinnig,
um eine Veränderung an ihrem Gatten zu bemerken, und
er zu delikat, ihr Vorwürfe zu machen, oder Erkundigungen
einzuziehen, welche einen kränkenden Argwohn verrathen
haben würden.

Einige Zeit nachher machten seine Geschäfte, die immer
wichtiger und ansehnlicher wurden, ihm eine zweite Reise
nothwendig. Der Gedanke, sein schönes junges Weib aber=
mals im Strudel der großen Welt zurückzulassen, riß die
kaum verharrschten Wunden seines Herzens von neuem
auf; und ob es ihm gleich unmöglich fiel, seiner Gattin zu
entdecken, was ihn quälte, so konnte er doch der Versuchung
nicht widerstehen, der ehrlichen Bürgerwitwe eine Art von
Aufsicht zu übertragen. Sie lehnte dieses verhaßte Geschäft
lange von sich ab; als aber William sie um seiner Ehre
und Ruhe willen beschwor, ihm diesen Liebesdienst nicht
zu versagen, so versprach sie endlich über Betty zu wachen,
als über ihre eigene Tochter.

Mit Thränen, die nicht bloß der Abschied so heiß hervorlockte, umarmte William seine geliebte Betty. In dieser Stunde wechselseitiger Herzensergießung entschlüpfte ihm auch, doch auf die schonendste Weise, manche Warnung und Bitte. »Lebe eingezogen, liebe Betty," sagte er zu ihr, »nicht um deiner Tugend willen, die in meinem Herzen über jeden Verdacht erhaben ist; aber du weißt, wie schwach unsere Hoffnung ist, meinen Vater auszusöhnen; du weißt, wie er über jeden unserer Schritte wacht; gib ihm keine Waffen gegen dich in die Hände: leihe ihm keine Maske, in die er seine Härte verhüllen könnte."

Diese seine letzten Worte, welche mit der liebevollsten Schonung ausgesprochen wurden, machten einen tiefen Eindruck auf Betty. Sie beschloß, nach William's Abreise ganz still und eingezogen zu leben, und sie hielt Wort. In wenig Wochen machte ihr die süßeste Hoffnung jedes kleine Opfer noch leichter, denn sie fühlte sich zum erstenMale schwanger. Nun verließ sie das Haus nie anders, als wenn die Sorge für die Frucht, welche in ihrem mütterlichen Schooße reifte, sie zu einem Spazirgange lockte. Die heitere Morgensonne fand sie täglich in St. James Park. War aber das Wetter neblicht, so blieb sie einsam in ihrem Zimmer, harrte mit Verlangen auf William's Zurückkunft, und mit unaussprechlicher Sehnsucht auf den Augenblick, der sie die Mutterfreuden kennen lehren sollte.

An einem ihrer Morgenspazirgänge wurde sie so plötzlich von einem Regenguß überfallen, daß sie sich beinahe

außer Athem lief, um einen Miethkutscher zu erreichen. Eine
junge Dame, die eben in den Wagen steigen wollte, sah
ihre Verlegenheit, winkte ihr freundlich, und erbot sich, sie
nach Hause zu bringen. Die Dame war einfach und an=
ständig gekleidet, das Aeußere des Wagens verrieth eine
Person aus dem Mittelstande, und das Aeußere dieser Per=
son selbst war sanft und einnehmend. Betty nahm ihre Höf=
lichkeit mit Dank an, sprang in den Wagen, und bezeichnete
der fremden Dame ihre Wohnung.

Während sie fuhren, erkundigte sich die Fremde mit Be=
scheidenheit nach dem Namen und Stande ihres Gastes, und
als sie hörte, Betty sei eine Strohwitwe, erzählte sie, sie sei
in dem nämlichen Falle, ihr Mann habe eine Reise nach
Frankreich gemacht, um Schulden einzutreiben. Doch hoffe
sie nächstens auf Briefe, welche ihr die Erlaubniß bringen
würden, ihm nachzureisen, um dann in seiner Gesellschaft
das Aachner Bad zu besuchen.

Unter solchen Gesprächen kamen sie vor Betty's Woh=
nung. Der Wagen hielt, Betty stieg aus, dankte freund=
lich, und empfing von der Fremden eine Karte mit ihrer
Adresse. Mistreß Reynolds, Grosvenorsquare,
war darauf geschrieben.

Als Betty die Treppe hinauf stieg, bemerkte sie, daß
ihre Wirthin, welche bei ihrer Ankunft vor der Hausthür
gestanden hatte, murmelnd in das Zimmer ging, und die
Thür heftig hinter sich zuschlug; aber sie achtete nicht wei=
ter darauf. Am andern Tage hielt sie es für ihre Schul=

digkeit, bei Miſtreß Reynolds einen Beſuch abzuſtatten. Sie ward in einer kleinen niedlichen Wohnung freundlich und anſtändig empfangen; man plauderte, man trank Thee, und die beiden Damen ſtellten ſich nachher an das offene Fenſter, und muſterten mit muthwilliger Laune die Vor= übergehenden.

Eben als ſie über die drollige Figur eines krummbeini= gen Tanzmeiſters lachten und ſchäckerten, ging auch ein alter Mann vorbei, in einem braunen Oberrock und runden Pe= rücke. Er ſah hinauf, ſtutzte, blieb einen Augenblick ſtehen, und ſeine Miene verrieth ein unwilliges Erſtaunen. Dies Erſtaunen ging plötzlich in hohnlächelnde Verachtung über, er ſpuckte aus und ſetzte ſeinen Weg fort. Betty hatte das ſeltſame Betragen des Alten wohl bemerkt; ſie wußte nicht, was ſie daraus machen ſollte, und meinte, er müſſe wohl eine Urſache haben, ſich über Miſtreß Reynolds zu be= klagen.

Eine Stunde nachher empfahl ſie ſich ihrer neuen Freun= din, und erhielt das Verſprechen eines baldigen Gegenbe= ſuches. Die junge Dame hielt Wort. Wenige Tage waren verfloſſen, als ſie Betty in ihrer Wohnung heimſuchte, ihr aber auch zugleich die Nachricht mittheilte, ſie habe die längſt erwünſchten Briefe ihres Mannes erhalten, mache ſich fertig zur Abreiſe, und komme ihr Lebewohl zu ſagen.

Wirklich hörte Betty nachher nichts weiter von ihr, und war nun wieder ganz allein mit ihren Hoffnungen und Wünſchen, deren Erfüllung täglich näher rückte.

Neun volle Monate waren nunmehr seit William's Ab=
reise verstrichen, Betty trug schwer an ihrer süßen Bürde,
doch noch immer zeigten sich keine Vorboten einer baldigen
Entbindung. Die Wirthin, eine erfahrene Frau, die aber
Büffon's Naturgeschichte des Menschen nicht gelesen hatte,
fing an, den Kopf zu schütteln. Auch sogar der zehnte Mo=
nat verfloß, und noch immer schrie kein Säugling in den
Mauern ihres obern Stockwerkes. Das befremdete freilich
auch Betty, die aus dem Ehestandskatechismus nur vom
Hörensagen wußte, eine Frau sei neun Monate schwanger.
Da sie sich aber übrigens wohl befand, und das Leben ihres
Kindes deutlich spürte, so würde sie gänzlich ruhig dabei
gewesen sein, wäre ihr nicht der Gedanke auf's Herz gefal=
len, William könne wohl gar seine Vaterschaft für zweideu=
tig halten. Indessen tröstete sie auch hier, wie gewöhnlich,
ihr glücklicher Leichtsinn, verbunden mit einem reinen schuld=
losen Gewissen.

Am Anfang des eilften Monats ward sie endlich von
einem gesunden starken Mädchen entbunden. Mutter und
Kind befanden sich sehr wohl, die Freude war Betty's Arz=
nei, sie säugte ihre Tochter selbst, und blühte schon vier Wo=
chen nach ihrer Niederkunft wieder wie eine entfaltete Rose.
Täglich erwartete sie nun die Rückkehr ihres geliebten
William's, und malte sich wachend und träumend die ent=
zückende Ueberraschung des Gatten, dem sein Vaterglück
noch unbekannt war. Das Einzige, was sie zuweilen beun=
ruhigte, war die eiskalte Miene der Wirthin, und einige hin=

geworfene Silben, die späte Geburt des Kindes betreffend. Sie nahm sich vor, William's Fragen über diesen Punkt auszuweichen, und das wahre Alter des Kindes lieber zu verheimlichen, wenn er nicht ausdrücklich darauf bestehen sollte, es zu erfahren.

Der mit heißem Verlangen der Liebe erwartete Tag erschien endlich. William kehrte zurück, und argwohnlos, wie edle Seelen gemeiniglich zu sein pflegen, drückte er seine Gattin feurig an die Brust, weinte Freudenthränen auf die Wiege seines Kindes. Es fiel ihm nicht einmal ein, nach dem Zeitpunkt der Geburt zu fragen, und noch weniger hatte er Lust, sich von der strengen Wächterin, welcher er die Obhut über Betty aufgetragen, in seiner Freude stören zu lassen.

Die nie gefühlte Zärtlichkeit, welche der Anblick des Kindes ihm einflößte, erweckte in ihm die süße Hoffnung, sich durch dies unschuldige Geschöpf mit seinem Vater auszusöhnen. Da er vollends hörte, daß dieser gefährlich krank sei, so glaubte er keinen Augenblick versäumen zu müssen; er theilte Betty seinen Plan mit, die ihn, von frommen Wünschen begleitet, aus ihren Armen entließ.

Voll von seinem Vorhaben, und der Art und Weise, wie er es auszuführen hoffte, stieg er die Treppe hinab. Die Wirthin stand an der Hausthür, er sah sie kaum, grüßte sie flüchtig und wollte vorbei gehen. Aber sie zupfte ihn am Rocke, und winkte ihm mit einer geheimnißvollen Miene, ihr in das Zimmer zu folgen. William that es mit einiger Ungeduld, und bat sie, sich kurz zu fassen.

»Kurz? mein lieber Sir?" hub sie an, »nun ja doch
kurz, wenn Sie wollen. Sie haben mir die Sorge für die
Aufführung Ihrer Frau übertragen, ich habe es Ihnen hei-
lig zugesagt, und halte mich in meinem Gewissen verbunden, Ihnen reinen Wein einzuschenken. Sie werden betrogen, schändlich betrogen. Es thut mir leid, daß ich das sagen
muß, aber kein Christenkind wird nach eilf Monaten geboren, und Ihre Frau hat sich, bald nach Ihrer Abreise, mit
einer berüchtigten Weibsperson herumgeschleppt. Ist Ihnen
das kurz genug?"

William stand und hielt sich an der Lehne eines Sessels.
Er starrte die Wirthin an, seine Knie zitterten; er wollte
reden, seine Lippen bebten; das Blut floh aus seinen Wangen, drängte sich zum Herzen, ihm wurde dunkel vor den
Augen, er sank ohnmächtig in den Sessel. Aengstlich trip-
pelte die Wirthin fort, holte Hirschhorn aus ihrer Haus-
apotheke, und ein Stoßgebet aus ihrem Herzen. Fast ge-
reuete es sie, daß sie nicht lieber geschwiegen, und Betty's
Strafe Gott und seinem Würgengel, dem bösen Gewissen,
überlassen hatte.

William erwachte nur aus seiner Ohnmacht, um von
Furien gepeinigt zu werden. In der ersten Minute wollte
er hinauf, wollte das treulose Weib ermorden, und den Ba-
stard gegen die Wand schleudern. Aber die Wirthin verriegelte
die Thür, und umklammerte ihn kreischend. Nach dem ersten
heftigen Toben gab die wohlthätige Natur ihm Thränen,
blutige Thränen! das Herz weinte sie. »Ist das Lohn und

Dank für meine Liebe? ich habe mich die Nächte hindurch
halb blind gearbeitet; ich habe zweimal mein Leben Sturm
und Wellen preis gegeben; sie hat mich aus den Armen
meiner Familie gerissen; sie hat den Fluch meines Vaters
auf mich geladen — O mein Vater! du stirbst vielleicht in
diesem Augenblicke mit einer Verwünschung gegen deinen
unglücklichen Sohn! Fort! fort zu seinen Füßen! daß die
Schlange mir nicht auch seinen letzten Segen vergifte!"
So wimmerte er, und tappte nach der Thür, und wankte
über die Straße, und taumelte in seines Vaters Hause die
Treppe hinauf — Da kam ihm ein weinender Bedienter
entgegen: »Der alte Herr ist eben gestorben.« William sank
in die Knie und krümmte sich auf den Stufen, umfaßte
krampfhaft das Treppengeländer, und winselte kaum hörbar.

So fand ihn sein guter Oheim, der ihn vormals unterstützt hatte. Mit Mühe zog er den Bewußtlosen nach sich,
bis in das Zimmer, wo die ganze Familie versammelt war,
um das Testament des Verstorbenen zu eröffnen. Die Blicke
seiner Vettern und Basen flogen nach ihm hin, als er wan-
kend hereintrat. Sein Haar sträubte sich wild empor, auf
der Treppe hatte er sich die Stirn blutig gefallen, das Blut
rieselte über sein leichenblasses Antlitz, er sah gräßlich aus.
Sein starres Auge irrte gedankenlos umher, der Oheim gab
ihm einen Sessel, er sank hinein, verbarg die rechte Hand
in seinem Busen, und wühlte mit den Nägeln in seinem
Fleische.

Das Testament wurde verlesen, er hörte nichts davon.

Gegen das Ende fiel sein Blick von ungefähr auf ein Bild=
niß seiner Mutter, das im Zimmer hing und ihn anlä=
chelte — er fing heftig an zu weinen. Der Oheim trat zu
ihm, und wollte ihn trösten, denn er glaubte, die Thrä=
nen seines Neffen flössen, weil der Vater ihn enterbt, und,
nach englischen Gesetzen, ihm nicht mehr als einen Schil=
ling statt des Pflichttheils vermacht hatte. »Bedenke lie=
ber William," sagte der Oheim, »wie dein Vater zu die=
sem harten Schritte gereizt worden ist. Die Aufführung
deiner Frau — du weißt vielleicht nicht, daß sie noch in seinen
letzten Tagen ihn einst, in Gesellschaft einer Buhlerin, auf
öffentlicher Straße verspottet hat." —

»Ha!" rief William knirschend, und sprang auf, und
zog die blutige Hand aus seinem Busen; »retten Sie mich
guter Oheim! retten Sie mich von diesem teuflischen
Weibe!"

Sanft und schonend versuchte der Oheim Alles, um ihn
zu beruhigen, bot ihm eine Wohnung in seinem Hause an,
und rieth ihm, Betty nie wieder zu sehen. William war
zum Kinde geworden, er willigte in Alles, er ließ sich zu
allem her, was man von ihm begehrte. Bald zuckte der
Schmerz, bald grinzte der Wahnsinn in seinen Zügen.
Bewußtlos folgte er dem wohlmeinenden Oheim nach
Hause; bewußtlos schrieb er ein Billet an Betty, welches
dieser ihm in die Feder sagte. Es enthielt in wenigen kal=
ten bittern Worten den Entschluß, sie nie wieder zu sehen,
und die Ursache dieses Entschlusses. Kaum war dieser Brief

abgefertigt, als der Oheim ihn mit sanfter Gewalt in einen
Wagen setzte, und um ihn zu zerstreuen, mit ihm auf's
Land fuhr.

Betty hatte, als ihr Mann ausgegangen war, frohes
Muthes ihr Kind gesäugt, und als es an ihrem Busen einschlummerte, legte sie es lächelnd in die Wiege, band eine -
reine Schürze vor, und ging in die Küche, um für William
ein schmackhaftes Abendbrot zuzurichten. Hier fand sie
der Bediente mit dem Billet, als sie eben ein munteres
Liedchen trällerte.

Es wäre kühn, ihren Zustand beschreiben zu wollen.
Sie sank am Feuerherd nieder, kein Mensch kam ihr zu
Hilfe. Sie kroch in ihr Zimmer, und wimmerte an der
Wiege ihres Kindes, kein Ohr hörte ihr Wimmern. Die
Nacht kam, der Schlaf floh ihr Auge, und am Morgen
schüttelte sie ein heftiges Fieber. Thränen waren ihre ein-
zige Nahrung, Blut sog das arme Kind aus ihren vertrock-
neten Brüsten. So lag sie, nur von einer alten Magd
bedient, und verschmähte jede Hilfe, stieß jede Arznei von
sich. Bald theilte der unschuldige Säugling die körperlichen
Qualen seiner unschuldigen Mutter, doch, wohl ihm! die
Qualen ihrer Seele theilte er nicht.

Zehn Tage waren langsam vorübergekrochen, als William das Landhaus seines Oheims verließ, mit eben dem
zerfleischten Herzen, mit welchem er es betreten hatte. Der
gute Alte hatte es aufgegeben, ihm Trost zuzusprechen, und
erwartete Alles von der Zeit. Bei seiner Rückkehr nach der

Stadt ließ er sein erstes Geschäft sein, Betty's Wohnung aufzusuchen, um der unglücklichen Gattin ihre Einwilligung zu einer Scheidung abzubringen.

Er trat in ihr Zimmer, und fand das Bild des Jammers und des Todes. Betty lag kraftlos mit erloschenen Augen, ihr Kind neben ihr war bereits entschlummert. Als Betty hörte, wer der Mann sei, der gerührt und stumm an ihrem Lager stand, raffte sie ihre letzten Kräfte zusammen, um ihre Unschuld zu betheuern. Der gute Alte wußte wohl, daß die Lüge überall in der Welt zu Hause ist, nur nicht am Sterbebette. Jedes Wort, welches die Kranke hervorstammelte, schnitt ihm durch's Herz. Er übersah nun den ganzen Zusammenhang zufälliger Begebenheiten, in welche Schicksal und Leichtsinn das arme Schlachtopfer verwickelt hatten. Er hätte mit Freuden seine letzten Tage aufgeopfert, um das Leben der Unglücklichen zu retten. Er versuchte es, ihr Trost, Muth und Hoffnung einzusprechen. Aber Hoffnung ist ein irdisches Gefühl, und Betty's Seele schwebte schon in bessern Gefilden. Sie hatte nur noch Einen Wunsch, den, ihren versöhnten, von ihrer Unschuld überzeugten Gatten noch einmal an ihre Brust zu drücken.

Der Oheim sandte schnell einen Boten nach William. Er schrieb auf einen Zettel: »Deine Frau ist unschuldig, eile sie zu retten!"

William eilte, flog — ach! er kam zu spät! Betty's Seele war entflohen! — —

William wurde wahnsinnig, und starb bald hernach im Irrhause. —

***

Der von Zahnschmerzen geplagte Löwe.

Ein Löwe hatte sich einst an dem Schädel eines Recensenten einen Zahn ausgebissen; die Wurzel war stecken geblieben, und verursachte ihm grausame Schmerzen. Er schüttelte seine Mähne, er peitschte mit seinem Schweife die Lenden, und brüllte in die Gebirge, daß das Echo sein Angstgeschrei fürchterlich wiederhallte. Was fliehen konnte und durfte, floh; was aber zum Hofstaat gehörte, mußte sich versammeln, und zitternd abwarten, ob Se. Majestät viel= leicht Belieben tragen würden, in Dero gerechtem Schmerz Einen ihrer unterthänigen Hofschranzen zu verschlingen.

Feuer strömte aus den Blicken des Löwen, der könig= liche Geifer floß ihm aus dem Munde. »Da steht ihr nun Alle, ihr elenden Wichte!« so brüllte seine Donnerstimme; »ihr wißt, daß ihr nur um meinetwillen geschaffen seid, und doch kann keiner mir helfen. Wo ist mein Leibarzt?«

Schüchtern nahte sich der Fuchs, befühlte dem Patien= ten den Puls, und erklärte: daß nicht allein die Härte des zermalmten Recensenten = Schädels Sr. Majestät diese Schmerzen verursache, sondern daß zugleich etwas von dem Recensenten = Gift in die Blutmasse übergegangen sei, wel=

XXII. 14

ches leichtlich ein Zahngeschwür und eine Fistel veranlassen
könne. Er müsse daher unterthänigst rathen, die Wurzel
des abgebrochenen Zahns durch den Hofchirurgus heraus-
ziehen zu lassen.

So zog Meister Fuchs sich aus der Verlegenheit, und
überließ es dem Affen, welcher Hofchirurgus war, die gefährliche Kur vorzunehmen. Der Affe nahte sich mit Beben,
und als der Löwe seinen Rachen öffnete, um ihn hinein-
schauen zu lassen, sprang er schaudernd zurück.

»Nun wird's bald?" brummte der Patient, »oder soll
ich dich zu einem Pflaster zermalmen, und auf die schmer-
zende Stelle legen?"

Der Affe hatte nicht Lust, es so weit kommen zu lassen. Er raffte allen seinen Muth zusammen, fuhr mit der
Hand in den königlichen Rachen, betastete den Schaden,
und erbot sich, die Operation flink und geschickt vorzunehmen. »Aber," sagte er, »die Zahnlücke wird einen Uebel-
stand in dem königlichen Munde verursachen; ich wollte
daher unmaßgeblich rathen, sogleich einen andern Zahn,
welcher einem lebendigen Thiere auf der Stelle ausgerissen
wird, an den Platz des verdorbenen zu setzen. Ich lese
schon in den Augen aller Umstehenden die edle Begierde,
ihre Zähne zum Gebrauch Ihrer Majestät aufzuopfern,
und es wird schwer halten, diesen edlen Wettstreit zu entscheiden."

Es war jedoch nicht so schwer, als Meister Affe glaubte,
denn die Höflinge ringsumher schwiegen mäuschenstill und

verkrochen sich einer hinter dem andern. Nur ein gutmü=
thiger Esel — denn an diesem Hofe gab es auch Esel —
meinte, sein Glück sei gemacht, wenn er in dem Rachen
des Monarchen einen mächtigen Fürsprecher habe, der
Bein von seinem Bein sei. Dummdreist trat er hervor, und
erbot sich, die unanständige Lücke durch einen seiner Zähne
auszufüllen.

Der Affe schritt zum Werke, und brach ihm einen Zahn
aus der Kinnlade, der aber unglücklicherweise zu groß war.
Er riß einen andern heraus, der war zu klein, und wackelte
in der Lücke. Ein dritter war zu schmal und ein vierter
zu breit. Er spazirte mit seinem Pelikan in dem Maule
des Esels auf und nieder, holte bald oben bald unten, bald
hinten bald vorne einen Zahn heraus, aber keiner wollte
passen. Vergebens schrie und klagte der arme Esel jämmer=
lich, daß ihm kein einziger übrig bliebe, um eine morsche
Distel zu zerkauen. Ehe eine Viertelstunde verging, stand
er zahnlos und blutend und mit gesunkenen Ohren da.
Demungeachtet blieb die königliche Zahnlücke noch immer
unausgefüllt.

Da erhub sich der Löwe in seinem Grimme: »Du
Schurke,« brüllte er, »der du nicht einmal einen brauch=
baren Zahn in deinem Rachen hast, was hindert mich, daß
ich dir nicht auch den Kinnbacken ausreißen lasse! Geh,
und komm mir nie wieder vor die Augen!«

Höflinge! merkt es euch! der beste Wille, das größte
Opfer, wenn sie — obgleich ohne eure Schuld — nicht die

14 *

gehoffte Wirkung thun, werden von dem Großen mit Undank belohnt.

— ❦ —

Der Schmetterling und die Turteltaube.

Ein altes Sprichwort sagt: Jedes Gleichniß hinkt. Das gilt unter andern auch von einem flatterhaften Liebhaber, welchen man gewöhnlich mit einem Schmetterling zu vergleichen pflegt. Warum? ich weiß es nicht.

Als ich vor einigen Tagen in meinem Garten unter einer Linde lag, in deren Wipfeln eine Turteltaube girrte, sah ich ein paar Schmetterlinge um ein Blumenbeet flattern. Sie setzten sich bald auf die Rose, bald auf die Nelke, dann verfolgten sie sich, gaukelten um einander her, verloren sich nie unter hundert andern, hoben sich endlich zusammen in die Luft, und verschwanden hinter der Mauer.

Ich ließ meiner Fantasie freies Spiel. Wenn nun einer dieser Schmetterlinge, dachte ich bei mir selbst, die Turteltaube da oben fragte: »Warum girrest du so traurig?« und diese antwortete: »Geh, du hast keinen Sinn für meine Zärtlichkeit;« würde nicht der Schmetterling mit Recht erwiedern können:

»Gute Freundin, du irrest, wenn du aus den Schäfergedichten der Menschen schließest, daß du allein zu lieben verstehst, wir hingegen nur treulos buhlen. Es ist

wahr, wir flattern um Blumen, aber die Blumen lie=
ben wir nicht. Wir lieben unſere Weibchen ſo gut wie ihr
die eurigen, und vielleicht noch mehr als ihr; denn ſtatt
ihnen ewige Klagen vorzugirren, machen wir bald die
Roſe, bald die Nelke zum Tummelplatz unſerer Freude,
und flattern von Vergnügen zu Vergnügen. — Glaube
mir, es gibt nur ein Thier auf der Welt, das zum Bilde der
Treuloſigkeit dienen kann, und dieſes Thier iſt der Menſch.”

Das Alter.

Ubi jam validis quassatum est viribus aevi
Corpus et obtusus ceciderunt viribus artus
Claudicat ingenium, delirat linguaque mensque.
Lucret.

Hat gleich Formey ein eigenes Buch über die Vor=
theile des Alters geſchrieben, ſo bleibe ich doch dabei:
es iſt beſſer jung zu ſein. Was iſt das für ein Vortheil, der
uns am Genuß aller andern Vortheile hindert?

Das Alter iſt ein Geſchenk der Natur, aber unter har=
ten Bedingungen; ein Geſchenk, das faſt immer Undank=
bare macht.

Wie jung man auch ſei, man erreicht die Hütte des
Alters geſchwind, wenn man auf der Bahn des Vergnü=
gens dahin wandelt. Es gibt unmündige Greiſe; wer das

Leben der Jünglinge beobachtet, der muß erstaunen, daß die Menschen noch so alt werden. Aber welch ein Alter! sie laufen in den Hafen mit lecken Schiffen, morschem Tauwerk und zerrissenen Segeln. Der Steuermann, die Seele, sitzt krank und schwach am zerbrochenen Ruder.

Warum pflückt man alle Blumen im Frühling? Der Winter ist karg mit Blumen, und die wenigen, die der ausgemergelte Boden hervorbringt, duften nur schwach. Auch diese wenigen muß man früh gepflanzt und mit Sorgfalt gepflegt haben.

Das Alter ist die Zeit der Trübsale, des Mangels, der Unfruchtbarkeit. Wohl dem, der in die Zukunft blickte, und sich zeitig durch Mäßigkeit einen guten Magen verschaffte; durch Bewegung Kräfte, durch Erfahrung Weisheit sammelte, und endlich durch Lectüre die Kammern seines Gedächtnisses ausschmückte. Auf solchen Stützen ruht das baufällige Haus; so kämpft das Alter gegen seine Schwächen; so verscheucht es seine fürchterlichste Feindin die Langeweile, welche eine Tochter der Kultur ist.

Ein Greis mit solchen Hilfsquellen ist ehrwürdig wie die Ruinen eines alten Tempels. Hier steht eine abgebrochene Säule, dort liegt eine verstümmelte Statue; aber abgebrochen und verstümmelt ergetzen sie noch das Auge des Kenners. So war Fontenelle. Sein Frühling trug schon reife Früchte, sein Alter trug noch Blüten. So ist Wieland, der Unerschöpfliche.

Zuweilen scheint es sogar, als müsse die Blüte des Körpers erst abfallen, ehe die Frucht des Geistes reifen kann. Ist es doch beinahe, als ob die Augen des Körpers von dem Lichte des Geistes erblindeten; als ob die Natur dem Greise einen Ersatz gewähren wolle.

Die ersten Akte des Schauspiels: der Mensch, sind gewöhnlich ohne Interesse; im dritten und vierten schürzt die Leidenschaft den Knoten; wohl uns, wenn im fünften die Tugend ihn löst. Das Alter ist eine Rolle, die nicht so leicht zu spielen ist, als man glaubt; die meisten halten sie für eine komische Rolle. Das Alter, sagte Montaigne, gibt der Seele mehr Runzeln, als dem Gesichte. Die Seele verschimmelt. Ja, er wagt sogar die Muthmaßung, Sokrates habe sich vorsätzlich zum Tode verurtheilen lassen, weil er in einem Alter von siebzig Jahren die Abnahme seiner Geisteskräfte verspürt. — Montaigne war dem Alter nicht hold. Er erzählt, daß er in seiner Jugend Nasenstüber dafür bekommen. Aber Nasenstüber beweisen nichts.

Schon Lucrez malte vor Jahrtausenden, was Erasmus von Rotterdam vor Jahrhunderten kopirte. »Nur die Runzeln, welche der Greis auf seiner Stirn, die Geburtstage, welche er auf seinem Rücken trägt, unterscheiden ihn vom Kinde. Uebrigens sind beide sich gleich, beider Haar falb, beide ohne Zähne, beider Körper schwächlich, beide gelüsten nach Milch, beide stammeln, sind schwatzhaft, ungeschickt, vergeßlich, unbedachtsam; der Greis geht aus der

Welt wie das Kind, ohne des Lebens müde zu sein, ohne den Tod zu empfinden."

Das Alter ist freilich nicht die Epoche großer Thaten. Wen das Schicksal zum großen Manne bestimmt, sagt Philipp de Commines, den führt es immer jung in den Tempel der Ehre. Des Alters Schwäche, verlorne Reiz= barkeit gegen Lob und Ruhm, sind nicht die Augenblicke, um Lob und Ruhm zu erringen. — Drusus, Hannibal, Scipio und hundert Andere pflückten ihre Lorbeeren vor ihrem dreißigsten Jahre, und neunzehn Jahre zählte Au= gust, als er Richter der halben Welt wurde. »Wie!" sprach der jüngere Kato zu denen, die ihn vom Selbstmord ab= halten wollten, „könnt ihr mir vorwerfen, ich verließe das Leben zu früh?" und er zählte damals kaum achtundvier= zig Jahre.

Herr Cäsar hat in seinen Denkwürdigkeiten aus der philosophischen Welt auch einige Blätter dem Alter gewid= met. Daselbst erklärt er die Achtung für das Alter unter andern aus folgenden Gründen:

»Wir bemerken die Ruhe, die Güte des Herzens, die auf seinem Gesichte ausgedrückt sind; das in sich selbst zurückgezogene Wesen und das Bewußtsein, das aus sei= nen Blicken spricht; die stille Größe, die aus seinen Hand= lungen hervorleuchtet." —

Herr Cäsar setzt hier sehr freigebig Dinge voraus, die man nur selten bei einem Greise antrifft. Die Ruhe? — sie ist bei dem Alter meist gedankenlos, ein Uebergang zum

Tode, ein Vorbild des Todes, ein Vorschmack der Ruhe im Grabe. — Die Güte des Herzens? — Entweder er besaß diese Eigenschaft sein ganzes Leben hindurch, und dann wird sie unrichtig dem Alter beigemessen; oder er ward aus einem bösherzigen Manne ein gutherziger Greis, und dann that er einen Schritt in die Kindheit zurück. Die Erfahrung sei Zeuge, wie nahe ein gutherziges Alter an Kindesschwäche grenzt. — Das in sich selbst zurückgezogene Wesen? — mit andern Worten: das ungesellige, welches dem Alter aus hundert Ursachen anklebt. Das Zurückziehen des Weisen aus dem Alltagskreise verleumbender und kartenspielender Geschöpfe ist dem Manne wie dem Greise eigen. — Das Bewußtsein, das aus seinen Blicken spricht? — Nun, dieses Bewußtsein muß sich auf Thaten gründen, die sich aus der Epoche des Mannes herschreiben, und dann ist es ja nur eine Erbschaft, welche der Mann dem Greise vermachte. — Die stille Größe, die aus seinen Handlungen hervorleuchtet? — Hier macht Herr Cäsar einzelne Ausnahmen zur Regel, denn in der Regel habe ich gewöhnlich an dem Greise eine stille Kleinheit bemerkt.

Wie kommt es denn, daß der Wilde insgemein seine Väter höher achtet, als der kultivirte Europäer? — Mich dünkt, das kommt daher, weil der Wilde die Erfahrung seiner Greise nothwendiger braucht als wir. — Ein Komet erscheint. Der Wilde hat keinen Fontenelle, der ihm der Welten Mehrheit in anmuthigen Gesprächen vordemon=

strirt. Aber dort kauert ein zahnloser Greis vor seiner Hütte, hält die kurze Tabakspfeife mit den Lippen, sammelt Jünglinge und Männer um sich her, und erzählt dem horchenden Haufen: wie vor fünfmal zehn Jahren ein solcher Wandelstern auch in Westen erschienen, wie bald nachher ihre Nation den Tomahak gegen die unruhigen Nachbarn ergriffen, und erst nach manchem blutigen Kampfe das Kalumet geraucht.

Die Wilden lehrt kein Brinckenhof die Taktik, kein Tempelhoff erzählt ihm die Geschichte ehemals geführter Kriege, kein Mannheimer Astronom hinterläßt ihm Wetterbeobachtungen; der Greis ist seine Encyklopädie. Alles, was der Europäer in Büchern liest, muß der Wilde von dem lernen, der das große Buch der Natur und Erfahrung vor ihm durchblätterte.

Nur darum gehorchen die Indianer ihres Heerführers Willen erst dann, wenn er mit dem Rath ihrer Alten übereinstimmt. Nur darum verachtet der junge Wilde oft den Rath seines Vaters, um den seines Großvaters zu befolgen. Nur darum schweigen die Araber, wenn ihr Cheik redet, stehen auf, wenn er unter sie tritt, und gönnen ihm das Vorrecht, Kleidung von glänzenden Farben zu tragen. Nur darum beugen sich die Chinesen vom Kaiser, der sich einen Sohn des Himmels nennt, bis zum Knaben, der ihm den Fächer nachträgt, ehrfurchtsvoll vor dem Alter. Denn dort, wo jeder Ausdruck im Schreiben eine eigene Figur erfordert; wo man den Mandarin für

einen Gelehrten hält, der seine Muttersprache zu schreiben
versteht; dort ist nur Wenigen der Vortheil vergönnt, der
Quelle der Erfahrung in Büchern nachzugraben. Der Chi=
nese, wie der Wilde, muß zum Greise seine Zuflucht neh=
men. Daher erkläre ich mir auch jene Etikette, welche in
China dem Fremden — und unter dem Fremden dem, der
aus der fernsten Gegend kommt — und unter diesen dem
Aeltesten, den Ehrenplatz einräumt. Der Fremde — so
wähnt die Einbildungskraft — besitzt mehr Erfahrung als
der Einheimische, der Greis mehr als der Mann.

Nur darum schärfte Minos den Jünglingen von
Kreta die Ehrfurcht für das Alter ein, nur darum gab
Lykurg's Gesetz jedem Greise das Recht eines Vaters
über Jünglinge und Kinder. Die Schriften der Philo=
sophen und Moralisten wurden nur abgeschrieben, und
konnten daher nur Wenigen nützen. In unsern Tagen hat
die Buchdruckerkunst das Ansehen des Alters gestürzt;
jedes gedruckte Buch ist ein Greis, den man um Rath
fragen kann, ohne seine Launen ertragen zu müssen.

Wohlan denn! ihr Greise! die Zeiten sind nicht mehr,
wo man euch Achtung zollte, weil euer Blick hinterwärts
auf drei Viertheilen eines Jahrhunderts ruhte. Nicht das
Silberhaar, das ihr zur Schau tragt, nicht das zitternde
Haupt, oder der gekrümmte Rücken, der unter dem ge=
waltigen Arm der Zeit sich beugte, leihen euch ein Recht
auf die Ehrfurcht eurer jüngern Brüder. Wälzet nicht auf
den Jüngling ein Verbrechen wider die Natur; klaget nicht,

daß man euch lächerlich mache, wenn eure Köpfe Flaschen ähnlich sind, welche einst ein geistiges Getränk in sich faß= ten, dessen Spiritus aber schon längst erraucht ist. Wer am Abend seiner Tage im Sonnenstrahl der Liebe, im er= quickenden Schatten der Ehrfurcht ruhen will, der muß säen als Jüngling, und ernten als Mann; dann ist der Genuß dem Greise vorbehalten.

Wer hätte das geglaubt?

(Eine unglückliche Begebenheit, welche einem Ehemanne widerfuhr.)

In Wien, wo es eine Menge Menschen gibt, die es schwarz auf weiß haben, daß sie edle Menschen sind, lebte einst ein junger Freiherr als Sklave von Allem, was ihn umgab. Ein paar schöne Augen nahmen ihn gefangen, die Mode fesselte ihn, das Vorurtheil warf ihn in den fin= stern Kerker; und trotz allem dem hörte er doch nicht eine Mi= nute lang auf, Freiherr zu sein. Ja was noch mehr ist, er war ein schön er Freiherr, und wäre er ein Bürgerlicher gewesen, so würde ich sagen, er war ein lieber Junge. Er verband ein weiches Herz mit einer edlen Gestalt, und es hatte seiner Mutter viele Mühe gekostet, einen Gecken aus ihm zu bilden. Aber durch unermüdeten Fleiß und Sorgfalt war es ihr doch endlich gelungen, und folglich liebten ihn alle Damen, und er liebte sie alle wieder. Man

hatte sogar Beispiele, daß die Verbindungen seines Her=
zens Monate lan⌐ gedauert; doch nie that er sich oder
seinen Geliebten durch eine überlästige Treue Zwang an. Er
besaß den feinsten Beobachtungsgeist, wenn es darauf an=
kam, den Blick oder das Wort zu fassen, der oder das
ihn zum Siege rief; aber er war auch bescheiden genug,
den Glockenschlag nie zu überhören, welcher die Stunde
der Trennung verkündete.

Mit diesen Eigenschaften konnte es ihm nicht fehlen,
sein Glück zu machen. Eine seiner Geliebten schuf aus ihm
einen Kammerjunker, die andere einen Oberst, die dritte
einen Kammerherrn, die vierte einen Hofmarschall. Er
versuchte Alles, genoß Alles, und ward endlich Alles über=
drüssig. Es ging ihm, wie dem weisen Könige Salomo,
der, weil er dreihundert Kebsweiber hatte, einst sehr un=
weise behauptete, Alles auf der Welt sei eitel. Hätte er
ein einziges geliebtes Weib besessen, keine solche Al=
bernheit wäre ihm entschlüpft.

In einem jener satten Augenblicke war unser Held
kurz vor dem Abendessen nach Hause gefahren. Wohl dem
Menschen, der am wenigsten Langeweile empfindet, wenn
er zu Hause ist; ein solcher gehört unter die Zahl der
bessern Menschen. Unser Freiherr Hofmarschall saß auf dem
Sofa, streckte die Füße weit von sich, gähnte, streichelte
das Windspiel, und ließ die Flötenuhr spielen. Plötzlich
fiel es ihm ein, daß er verheirathet sei. Was Wunder, daß

auch wir es vergaßen, da er selbst eben zum ersten Male daran dachte.

»Apropos!« sagte er und klingelte. Ein Bedienter trat herein. »Geh zu der gnädigen Frau, und frage, ob ich das Vergnügen haben könne, sie zu sehen?«

Der Bediente horchte hoch auf, traute seinen Ohren nicht, und ließ sich den Befehl wiederholen, den er endlich kopfschüttelnd befolgte.

Die Frau Baronesse war die liebenswürdige Tochter eines Landedelmanns, eine Blume, die, von der Hofluft gedrückt, ein wenig ihr Haupt neigte, aber doch nie ganz verwelkte. Um der Langenweile zu entrinnen, blieb ihr nichts anders übrig, als mit dem Strom der großen Welt zu schwimmen. Sie und ihr Gemahl begegneten sich zuweilen, vermieden sich nie und suchten sich nie. Vor ihrer Vermählung hatten sie sich wenig gesehen, und nachher hatten sie keine Zeit dazu. Es gab Leute genug, die den Freiherrn der Mühe überhoben, seine Frau reizend und geistreich zu finden, und ihr bot sich überall Genuß dar, wo nicht für ihr Herz, doch für ihre Eitelkeit.

Die Botschaft ihres Gemahls traf sie gerade in einer Gemüthsstimmung, die der seinigen ziemlich ähnlich war. Sie wußte nicht, was sie von diesem unerwarteten Besuche denken sollte; indessen ließ sie ihm sagen, sie werde ihn mit Vergnügen empfangen. Er kam, fragte, ob er nicht beschwerlich falle? setzte sich, sprach vom Wetter, von den Neuigkeiten des Tages u. s. w. Die Unterhaltung war in

Ansehung der Gegenstände sehr alltäglich, doch seine Leb=
haftigkeit und Amaliens Geist legten Interesse darin. Die
Zeit verstrich, man wußte nicht wie. Er sah nach der Uhr,
wunderte sich, daß es schon so spät sei, und bat um Er=
laubniß, mit ihr zu speisen.

„Sehr gern," versetzte Amalie, „wenn Sie mit meinem
magern Souper vorlieb nehmen wollen." Es ward aufge=
tragen, man speiste und man war fröhlich, ohne lärmend
zu sein. Dieses stille Vergnügen hatte den Reiz der Neu=
heit für die Gäste. Beide waren liebenswürdig, ohne es
scheinen zu wollen, und dann ist man es gewöhnlich am
meisten. Sie waren eine ganz neue Bekanntschaft für ein=
ander; die Stunden flogen pfeilschnell vorüber, und wie
es endlich Zeit zum Schlafengehen wurde, verließ der
Hofmarschall die Hofmarschallin sehr zufrieden mit seinem
Abend.

Des andern Tages war er zu einem Konzert eingela=
den; und erfuhr erst spät, daß, wegen Krankheit eines
der Virtuosen, das Konzert aufgeschoben sei. Was sollte
er nun mit den lästigen Abendstunden anfangen? Er er=
kundigte sich im Vorbeigehen nach seiner Gemahlin, und
hörte, sie sei ein wenig unpäßlich. „Hm!" dachte er, „es ist
doch der Höflichkeit gemäß, daß ich selbst von ihrem Be=
finden Nachricht einziehe."

Er ließ sich melden, bat um Erlaubniß, ihr bis zum
Souper Gesellschaft zu leisten, und wurde sehr artig em=
pfangen. Er war munter, aufgeweckt, galant; die Stunde

des Abendessens rückte heran, und diesmal war es Amalie, die ihn zu bleiben bat. Irgend eine Gräfin hatte ihn
zu einer Partie Casino eingeladen, aber er blieb. Die
Unterhaltung war eben so angenehm und noch ungezwun-
gener als das erste Mal.

»Wissen Sie auch,« sagte Amalie, »daß man wenigstens nicht vermuthen wird, warum Sie der Gräfin nicht
Wort gehalten haben?« Er lächelte, und schwieg einige Augenblicke.

»Ich muß Ihnen was im Vertrauen sagen,« hub er
endlich an, indem er mit der Gabel spielte, »etwas, das
Sie vielleicht mehr freimüthig als galant finden werden.
Sie können nicht glauben, wie sehr Sie seit Ihrer Verheirathung sich zu ihrem Vortheil verändert haben.«

»Seit meiner Verheirathung?« antwortete Amalie
schäckernd; »ich glaube, sie geschah ungefähr um die nämliche Zeit, als die Ihrige.«

»Ganz recht, Madame, aber es ist unbegreiflich, welche
glückliche Verwandlung mit Ihnen vorgegangen ist. Sie
waren damals so verlegen, und — mit Ihrer Erlaubniß —
so ländlich, links — man erkennt Sie kaum wieder. Ihr
Geist ist nicht mehr der nämliche, selbst Ihre Züge haben sich
verschönert —«

»Wohlan mein Herr, ohne Ihnen das Kompliment zurückgeben zu wollen, alles, was Sie mir da sagen, dachte
ich von Ihnen. Aber wahrhaftig,« setzte sie spottend hin-

zu, »es ist gut, daß uns Niemand behorcht, denn es
scheint beinahe, als ob wir uns Süßigkeiten sagten.»

Das Gespräch dauerte noch lange in demselben Tone,
bis endlich Amalie nach ihrer Uhr sah, und mit einem rei=
zenden Lächeln zu verstehen gab, es sei schon spät. Der
Freiherr erhob sich zögernd, empfahl sich langsam, und
ging langsam nach der Thür. Plötzlich kehrte er wieder
um. »Madame,» sagte er, »ich frühstücke des Morgens
ganz allein, und ich finde das langweilig; wollten Sie mir
wohl erlauben, meine Schokolade bei Ihnen zu trinken?»

»Wie es Ihnen gefällig ist,» antwortete Amalie, und
sie trennten sich noch zufriedener als Tages zuvor.

Am andern Morgen, als der Hofmarschall erwachte,
fiel es ihm ein, daß diese häufigen Besuche b e i s e i n e r
F r a u ein anstößiges Aufsehen erregen könnten, und er
ließ sich herab, seinen Kammerdiener zu bitten, daß er Nie=
manden etwas davon sagen möchte. Dann warf er sich
schnell in eine elegante Morgenkleidung, und schlüpfte hin=
über zu Amalien.

Amalie war eben mit der heitersten Laune aufgestan=
den, das Morgenroth auf ihren Wangen wetteiferte mit
dem Morgenroth am Himmel, sie war munter, witzig,
kurz, sie war allerliebst, und ihr Gemahl fand nach einer
Stunde, daß es doch wirklich weit angenehmer sei, in Gesell=
schaft zu frühstücken, als ganz allein, dem Spiegel gegen=
über, seine eigene Gestalt anzugaffen, und in seinen eige=
nen gähnenden Mund zu schauen.

XXII.   15

„Wer hindert Sie," sagte Amalie, »alle Tage hieher zu kommen, wenn es Ihnen bei mir gefällt?« Er gab zu verstehen, daß er befürchte, vielleicht andere Besuche abzuschrecken.

Sie. Ich werde Niemanden vermissen, so lange Sie mich schadlos halten.

Er. Wahrhaftig, Madame, ich habe schon einige Male gewünscht, nicht Ihr Gemahl zu sein.

Sie. Warum das?

Er. Um Ihnen sagen zu dürfen — daß ich Sie liebe.

Amalie. Sagen Sie es immer um der Neuheit willen.

Er. Fürchten Sie nichts, ich hoffe mich nie so sehr zu vergessen. — Aber — wir haben, wie mich däucht, ein paar recht niedliche Soupers tète à tète genossen; wie wäre es, wenn Sie mir heute Abend ein drittes gäben?

Amalie. Von Herzen gern.

Die Verabredung wurde von beiden Seiten pünktlich erfüllt. Ihre Unterhaltung war diesesmal weniger witzig, weniger glänzend; man sprach weniger, man sah sich öfter an, der Geist verstummte einigemal vor dem Herzen, und es widerfuhr ihnen sogar, bei einer langen Pause, daß sie sich unwillkürlich die Hände über den Tisch reichten, und sanft drückten, ungeachtet die Bedienten noch hinter den Stühlen standen. Ach! wer hätte das geglaubt! Amalie bemerkte recht gut, daß es schon sehr spät sei, aber sie sah nicht mehr nach der Uhr. Ihr Gemahl machte nicht die geringste Anstalt sie zu verlassen; er beklagte sich über Träg=

heit, und doch war er nicht schläfrig. Mit einem Worte: von diesem Tage an trennte man sich nicht mehr des Abends, sondern des Morgens, weil man dann gleich bei der Hand war, das Frühstück zusammen einzunehmen.

Der Herr Hofmarschall, von seiner neuen Eroberung entzückt, führte Amalien einige Wochen nachher auf's Land, wo sie mit Erstaunen gewahr wurden, daß das Schauspiel der Natur und das Konzert der Nachtigallen alle andere Schauspiele und Konzerte weit übertrifft. Sie waren anfangs willens, nur ein paar Tage zu verweilen, sie wollten jeden Morgen abreisen, und entschlossen sich jeden Abend anders. Als endlich der falbe Herbst herannahte, kehrten sie nach der Stadt zurück. Sie besuchten noch am nämlichen Tage das Schauspiel, und unser Held hatte den Muth, mit Amalien in einer Loge zu erscheinen.

Wer hätte das geglaubt! So weit kann der erste unbedachtsame Schritt führen. Spiegelt euch, ihr Ehemänner der großen Welt, an diesem traurigen Beispiele.

———❦———

Apulejus.

(Dieser Aufsatz mag zugleich als Probe einer neuen und freien Bearbeitung von Bayle's Wörterbuche dienen, von welcher der Verfasser, in Verbindung mit einigen Gelehrten, in künftiger Ostermesse die beiden ersten Bände zu liefern gedenkt.)

Apulejus war ein platonischer Philosoph, den Jedermann als Verfasser des goldenen Esels kennt. Er lebte im

15 *

zweiten Jahrhundert unter den Antoninen. Ob er zehn
Jahre früher oder später gelebt habe, darüber haben gelehrte
Männer in dicken Büchern gestritten. Es verliert oder ge=
winnt Niemand dabei. Sein Geburtsort war Madaura,
eine römische Kolonie in Afrika. Er stammte aus einer an=
gesehenen Familie, denn sein Vater begleitete die erste Wür=
de in der Kolonie, das heißt, er war Duumvir. Seine
Mutter, eine Thessalierin, zählte den Plutarch unter ihre
Ahnen.

Er genoß eine gute Erziehung, war schön, geistreich,
und wurde gelehrt; aber er machte sich der Zauberei ver=
dächtig, und dieser Ruf war ihm nachtheilig. Um Weis=
heit zu erlernen, ging er nach Karthago, Athen, und endlich
nach Rom. Bei seiner Ankunft wußte er noch kein Latein;
denn wenn gleich Madaura eine römische Kolonie war, so
bediente man sich dort doch nur der punischen Sprache.
Sein Genie half ihm aus dieser Verlegenheit, er lernte in
Kurzem Latein ohne Jemandes Beihilfe.

Eine unersättliche Begierde, alles zu wissen, trieb ihn
aus einem Lande in das andere, machte ihn zum Einge=
weihten verschiedener Mysterien. Seine Reisen zehrten sein
Vermögen auf, er kam nach Rom zurück, wünschte sich dem
Dienst des Osiris zu widmen, hatte aber kein Geld mehr,
um die Unkosten zu bestreiten, welche mit der Ceremonie
der Aufnahme verknüpft waren. Er ertrug den Mangel
mit philosophischer Gleichmüthigkeit. »Ich habe,« sprach
er, »nicht Alles auf Reisen verschwendet, ich habe oft meine

Freunde unterstützt, meine Lehrer belohnt, und ihre Töch=
ter ausgesteuert. Uebrigens kaufe ich um mein ganzes Ver=
mögen die Verachtung dieses Vermögens nicht zu theuer,
denn diese Verachtung ist mehr werth als mein ganzes Ver=
mögen.”

Um aber seinen Wunsch, unter die Eingeweihten des
Osiris aufgenommen zu werden, doch zu erfüllen, verpfän=
dete er sogar seine Kleider, und brachte endlich das nöthige
Geld zusammen. Er blieb nicht lange unter den Lehrlin=
gen und Gesellen jener Freimaurerei der alten Welt, son=
dern stieg schnell bis zu den höchsten Graden hinauf. Das
muß ihm aber doch kein Brot gegeben haben, weil er Pro=
zesse zu führen übernahm, und sich dadurch ernährte, denn
er war beredt und gewandt, und es mangelte ihm nie an
Klienten.

Bald vermehrte sich sein Wohlstand, da er eine gewisse
Pudentilla heirathete, die weder jung noch hübsch, aber
reich war, und einen Mann brauchte. Sie war Witwe,
und verliebte sich in den schönen geistreichen Apulejus, er
spielte keineswegs den Spröden, und die Vermählung
wurde auf einem Landhause bei Orea, einer afrikanischen
Seestadt, vollzogen.

Dieser Heirath verdankte er einen albernen Prozeß,
der einzig in seiner Art ist. Die Verwandten nämlich von
den beiden Söhnen der Dame erster Ehe behaupteten, er
habe Pudentilla's Herz und Geld durch Zauberei erobert.
Sie klagten ihn daher vor dem Prokonsul von Afrika als

einen Zauberer an. Er vertheidigte sich männlich. Die An=
klage sowohl als die Vertheidigung sind lustig zu lesen.

»War,« sprach der Kläger, »deine Frau nicht eine jun=
ge Witwe von sechzig Jahren? ein altes Weib verliebt sich
nicht mehr, und daher ist ihre Leidenschaft für dich über=
natürlich.«

»Ich könnte beweisen,« versetzte Apulejus, »daß die
alten Weiber sich oft verlieben, eben so wohl als die alten
Männer, aber ich will lieber beweisen, daß meine Frau
nicht so alt ist als ihr glaubt.« Und er bewies wirklich, daß
sie kaum vierzig Jahre zählte, als sie ihm ihre Hand reichte.

»Aber,« sagte der Kläger, »sie war schon seit vierzehn
Jahren Witwe, wie wäre es ihr denn nun auf einmal ein=
gefallen, sich zu verheirathen, wenn sie nicht behext wäre?«

»Sonderbar,« entgegnete Apulejus, »ihr wundert euch,
daß eine Frau, die vierzehn Jahre lang Witwe war, sich
wieder verheirathet? ihr solltet euch vielmehr wundern, daß
sie sich nicht eher verheirathet hat. Um eine vierzigjährige
Witwe an einen schönen Jüngling zu verkuppeln, ist keine
Hexerei vonnöthen.«

Darauf bewies er, daß sie nur ihrem Schwiegervater
zu Gefallen so lange Witwe geblieben; daß diese Enthalt=
samkeit endlich ihre Gesundheit untergraben, bis Aerzte
und Hebammen ihr gerathen, das beste Mittel für ihre
Vapeurs sei ein Mann. Nun hat bekanntlich eine Frau
in ihrem Alter keine Zeit zu verlieren, wenn sie noch Lust
hat Kinder zu bekommen, folglich bedurfte es keiner Zau=
berei, ihr einen raschen Jüngling aufzuschwatzen.

Gewiſſe Prozeſſe ſind freilich unangenehm für eine
Frau, man muß hundert Dinge ſagen, die man lieber ver=
ſchwiegen hätte. Indeſſen tröſtete ſich die junge Gemahlin
unſers Philoſophen damit, daß eine vierzehnjährige Kränk=
lichkeit den redendſten Beweis für ihre Keuſchheit ablegte;
denn wenn nur ein Mann das Heilmittel war? warum
denn gerade ein Ehemann? Aber ſo locker dachte die keu=
ſche Pudentilla nicht, ſie heirathete lieber im Herbſt ihres
Lebens einen jungen Menſchen, der zu Athen mit ihrem
Sohne in die Schule gegangen war, der nachher lange in
ihrem Hauſe wohnte, der täglich Gelegenheit hatte, ihre
Gunſt zu gewinnen, und der von ihrem älteſten Sohne
ſelbſt überredet wurde, ſeine Mutter zu ehelichen.

»Aber,« ſagte der Kläger, »warum haſt du die Hochzeit
auf dem Lande vollzogen? geſchah das nicht blos, um dei=
ne Tauſendkünſteleien beſſer zu verſtecken?«

»Es geſchah,« verſetzte Apulejus, »aus zwei ſehr na=
türlichen Urſachen; denn erſtens koſtet eine Hochzeit auf
dem Lande weit weniger als eine in der Stadt; und zwei=
tens iſt das Land der weiblichen Fruchtbarkeit weit zuträg=
licher. Man lagert ſich in's junge Gras, im Schatten duf=
tender Linden, umgeben von Millionen lebenden Geſchö=
pfen, die aus dem Schooß der Erde hervorwimmeln, und
alles das macht einen ſanften fruchtbaren Eindruck auf
junge Neuvermählte, welche Pfänder ihrer Liebe zu be=
ſitzen wünſchen.«

»Durch deine Schönheit,« fuhr der Kläger fort, »haſt

du das Weib berückt, und diese Schönheit verdankst du der Zauberei. Ist es nicht eine Schande, daß ein Philosoph zugleich ein schöner Mann ist? daß sein Auge Adlerblicke schießt? daß er Grübchen in den Wangen hat, und seines Haar über seinen Nacken wallt.«

»Gehorsamer Diener,« sagte Apulejus, »ich wünschte, dieser Punkt eurer Anklage wäre wahr, und es thut mir sehr leid, daß er nicht wahr ist. Uebrigens macht man wohl zum ersten Male, seit die Welt steht, einem Menschen den Prozeß über seine Schönheit? Wo steht denn geschrieben, daß ein Philosoph nicht schön sein dürfe? Pythagoras war der schönste Mann seiner Zeit, und Zeno desgleichen. Aber kurz, diese Vertheidigung ziemt mir nicht, denn was auch vielleicht die Natur mir gab, so hat doch mein gelehrter Fleiß schon längst allen Saft ausgetrocknet, die Farbe gebleicht, und die Kraft der ersten Jugend zerstört.«

»Aber,« schrie der Kläger, »du hast einem deiner Freunde ein Zauberpulver zugeschickt, von geheimnißvollen Versen begleitet.«

»Ganz recht,« antwortete Apulejus, »es war ein Pulver, um die Zähne rein zu machen, und die Verse enthielten die Beschreibung und Wirkung dieses Pulvers. Ohne eben ein Hexenmeister zu sein, habe ich immer geglaubt, daß ein Philosoph reinlich sein müsse; daß es besonders die Pflicht derjenigen sei, welche öffentlich reden wollen, weiße Zähne, einen ausgespülten Mund und einen reinen Athem zu haben. Eben so diejenigen, welche Lust haben zu küssen.

Hätte ich mit schwarzen Zähnen und stinkendem Athem die Pudentilla gewonnen, so möchtet ihr eher über Zauberei schreien."

»Wirst du auch läugnen," sprudelte der Kläger, »daß du sogar einen Spiegel besitzest?"

»Ei nun ja, warum denn nicht?" versetzte Apulejus; »ich habe einen Spiegel, aber ich sehe nicht hinein. Es gibt manche Dinge, deren ich mich bediene, ohne sie zu besitzen, und manche Dinge, die ich besitze, ohne mich deren zu bedienen. Du mußt also vorher beweisen, wann und in wessen Gegenwart ich in den Spiegel gesehen habe."

Der arme Apulejus fühlte sich über diesen Punkt nicht so ganz rein. Er mochte in der That wohl oft genug in den Spiegel gesehen haben, und dem Himmel sei Dank, daß das heut zu Tage kein Verbrechen mehr ist, denn ich wette, daß Kant selbst jeden Morgen in den Spiegel sieht. Aber kurz, Apulejus hatte nie hineingesehen, als wenn er allein war, und folglich konnte man ihm diese schwere Sünde nicht beweisen.

Diesen ganzen lustigen Angriff auf seine Schönheit und Reinlichkeit hat er nachher, sammt den Angreifer, der ein häßlicher Bauer war, in einer seiner Reden lächerlich gemacht. Er erzählt daselbst den Streit des Marsyas mit dem Apollo, und parodirt seinen eigenen Prozeß.

Schmerzlicher war ihm die Beschuldigung der Habsucht. Er bewies durch seinen Heirathskontrakt, daß er von Pudentilla kein Geschenk angenommen, und daß sie ihm

nur eine mäßige Summe versprochen, im Fall er sie über=
lebe, oder der Himmel ihre Ehe mit Kindern segne. »Und
war es denn so unbillig," rief er aus, »für alles, was ich
aufopferte, einen Ersatz zu begehren? Die reizende Puden=
tilla war weder jung noch schön, und ich ein Jüngling, den
Glück und Natur an Leib und Seele nicht verwahrlost
hatten. Poetianus, mein Freund, und nun mein Stiefsohn,
überredete mich zu diesem Bündniß, und gestand dabei,
ich würde mir eine Last auf den Nacken bürden."

Darauf führte er den Richtern zu Gemüthe, daß er mit
seinen Eigenschaften wohl eine glänzendere Partie hätte
thun können, und daß es doch immer weit angenehmer sei,
ein Mädchen zu heirathen, als eine Witwe. Ein schönes
Mädchen, sagte er, so arm sie auch sein möge, besitzt immer
eine große Mitgabe, nämlich ein Herz voll Unschuld, die
erste Blüte ihrer Reize und die erste Frucht ihrer Gunst.
Die Männer haben wohl Recht, die Jungfrauschaft so hoch
zu schätzen, denn alle andere Güter, die eine Frau mit=
bringt, kann man ihr zurückgeben, wenn man ihr keine
Verbindlichkeiten schuldig sein will; nur dieses Eine, schönste
Gut, erhält sie nie zurück, es bleibt ewig im Besitz des
ersten Mannes. Heirathet man aber eine Witwe, und man
wird von ihr verlassen, so nimmt sie alles mit, und ihr
könnt euch nicht rühmen, auch nur das Geringste von ihr
übrig behalten zu haben.

Er führt noch manche andere Gründe an, warum es nicht
gut sei, eine Witwe zu heirathen, und zieht endlich daraus

den Schluß, daß Pudentilla schwerlich einen Mann gefunden haben würde, wenn er nicht philosophische Selbstverläugnung genug besessen hätte, sie zu ehelichen.

»Was willst du noch länger reden?« schloß endlich der Kläger; »deine Frau selbst hat eingestanden, daß sie von dir behert worden, hier ist eine Stelle ihres eigenen Briefes.«

Der Brief war an einen Verwandten geschrieben, und diese Stelle lautete folgendermaßen:

— ist Apulejus kürzlich ein Zauberer geworden, und ich bin von ihm bezaubert. Wahrlich! ich liebe ihn. Kommt bald zu mir, so lange ich meiner Sinnen noch Meister bin.

»Hier,« sprach der Kläger, »ist das überzeugendste Bekenntniß.«

»Verleumbung!« rief Apulejus, »man zeige den ganzen Brief.«

Der ganze Brief mußte vorgezeigt werden, und lautete nun so:

Denn da ich mich um der angeführten Ursachen willen verheirathen wollte, hast du selbst mich überredet, ihn vor allen andern zum Gatten zu erwählen. Du bewunderst ihn, und wünschtest ihn durch dieses Band an uns zu ketten. Nun aber, da boshafte Menschen euch in den Ohren liegen, ist Apulejus kürzlich ein Zauberer geworden, und ich bin von ihm bezaubert, u. s. w.

So ward der Verleumder entlarvt, und der Beklagte stellte diesen abscheulichen Kunstgriff im schwärzesten Lichte dar. Der Kläger zog sich nun in seine letzte Verschanzung zurück.

»Verwahrst du nicht," fragte er, »in einem Tuche, mit einer besonders abergläubischen Ehrfurcht, Gott weiß, welche Zaubermittel?"

»Ich bin," versetzte Apulejus, »in viele Mysterien der Griechen eingeweiht. Daß ich die äußerlichen Zeichen dieser Mysterien, welche mir von den Priestern anvertraut wurden, in einem reinen Tuche aufbewahre, ist es ein Verbrechen?"

So schlug er auch diese letzte Anklage nieder, worauf seine Feinde gebaut haben mochten, wie die Pfaffen auf die Freimaurer-Werkzeuge, die sie bei Weishaupt fanden. Apulejus wurde freigesprochen. Pudentilla ward durch ein rechtskräftiges Urtheil für häßlich erklärt, doch gab man zu, sie sei noch in dem Alter, Kinder zu zeugen. — O ihr! denen ungerechte Prozesse das Leben verbittern, leset und murret nicht.

Der heilige Augustin behauptet, Apulejus habe es, trotz aller seiner Zauberei, doch nie dahin bringen können, daß man ihm ein öffentliches Amt anvertraut, ungeachtet er von gutem Hause, wohlerzogen, und durch seine Beredsamkeit berühmt war. Man könnte glauben, er habe eine philosophische Gleichgiltigkeit gegen alle Ehrenämter vorgespiegelt; allein keineswegs. Er that sich im Gegentheil Etwas darauf

zu gute, ein Priesteramt zu verwalten, mit welchem die
Aufsicht über die öffentlichen Spiele verknüpft war, und
ereiferte sich sehr gegen diejenigen, welche sich der Errich=
tung einer Statue widersetzten, womit die Einwohner von
Orea ihn beehren wollten.

Apulejus war sehr fleißig, er arbeitete Tag und Nacht.
Seine Frau soll ihm das Licht dabei gehalten haben. Das
ist aber wahrscheinlich nur eine rednerische Figur des Herrn
Sidonius Apollinaris, denn wenn sie gleich alt und häßlich
war, so war sie doch zum Leuchter noch immer zu gut.

Er schrieb viele Bücher, in Versen und in Prose. Nur
wenige derselben haben der Gewalt der Zeit widerstanden.
Sein goldener Esel, ein Roman, in welchem er die
Zauberer, die Spitzbuben und dergleichen Geschmeiß lächer=
lich macht, ist sein bestes und berühmtestes Werk. Ob er
den Stoff aus dem Lucian, oder aus dem Lucius de
Patras entlehnt, darüber mag der gelehrte Bayle mit
dem gelehrten Moreri streiten, mir gilt es gleichviel. Man
hat hundert Commentarien über den goldenen Esel geschrie=
ben, die hundertmal dicker sind als das Buch selbst. Es
enthält hin und wieder schmutzige Stellen. Die Episode
der Psyche hat Moliere zu einem vortrefflichen Schauspiele,
und la Fontaine zu einem allerliebsten Roman umgeschaffen.

Apulejus redete eben so schön, als er schrieb, zwei
Künste, die selten Hand in Hand gehen. Er deklamirte
öffentlich mit großem Beifall. Als er sich zum ersten Male
zu Orea hören ließ, rief das begeisterte Volk einstimmig,

man müſſe ihm das Bürgerrecht ertheilen. Zu Carthago errichtete man ihm eine Statue, und viele andere Städte ahmten dieſes Beiſpiel nach.

Da man nicht recht weiß, wann er lebte, ſo weiß man auch nicht recht, wann er ſtarb; ob ſeine junge reizende Gemahlin ihn mit Erben beſchenkt; ob er an ihrem verwelkten Buſen eine dauerhafte Zufriedenheit genoſſen; oder ob er ſeine Zauberkraft an jüngern Schönheiten verſucht habe; — Alle dieſe Umſtände hat der Schleier der Zeit verhüllt. Wenigſtens iſt er deshalb nachher nicht wieder verklagt worden.

Inhalt.

Gedruckt bei J. P. Sollinger.